LA
FOLLE
ALLURE

CHRISTIAN BOBIN

LA FOLLE ALLURE by Christian Bobin

Copyright © Éditions Gallimard, Paris, 1995
Korean Translation Copyright © 1984Books, 2022 All Right Reserved
This Korean edition was published
by arrangement with SIBYLLE Agency

이 책의 한국어판 저작권은 시빌 에이전시를 통해 Gallimard와 독점 계약한
1984Books가 소유합니다. 저작권법에 의하여 한국 내에서 보호를 받는
저작물이므로 무단 전재 및 복제를 금합니다.

가벼운 마음

크리스티앙 보뱅 | 김도연 옮김

1984BOOKS

우리는 이중의 삶을 살아야 한다. 같은 수레에 묶여 서로 자기 쪽으로 미친 듯이 끌어당기는 두 마리 말과 같은, 기쁨과 고통, 웃음과 그늘이라는 두 줄기 피가 우리 마음에 흐르게 해야 한다. 그러니 적절한 보폭을 찾고 올바로 판단하려 애쓰는 눈밭의 기수들처럼 앞으로 나아가자. 그 길에서 만나는 아름다움이 때론 얼굴을 때리는 낮은 나뭇가지처럼 우리를 쓰리게 하고, 목덜미로 달려드는 황홀한 늑대처럼 우리를 물어뜯는다 해도.

- 이 작품의 오리지널판은 순수 라나 독피지에 40부를 인쇄하여 1부터 40까지 번호를 매겼다.
- 본문에 실린 각주는 모두 옮긴이 주이다.
- 단행본은 『』 단편은 「」 그림·음악 제목은 〈 〉로 묶었다.

내 첫사랑은 누런 이빨을 가지고 있다. 두 살, 두 살 반인 나의 눈 안으로 그가 들어온다. 눈동자를 지나 어린 소녀의 마음속에 슬그머니 스며들어 구멍을 파고, 소굴을 짓고, 은신처로 삼는다. 내가 당신에게 말하는 시간에도 그는 여전히 그곳에 있다. 그 무엇도 그 자리를 대신할 방법을 알지 못한다. 그 무엇도 그렇게 멀리 내려갈 방법을 알지 못한다. 나는 두 살 때 가장 자랑스러운 연인과 함께 내 사랑의 여정에 발을 내디뎠다. 이후의 연인들은 그 누구도 그의 수준에 미치지 못하며, 결코 그를 대신할 수 없을 것이다. 내 첫사랑은 늑대다. 털과 냄새와 상앗빛 누런 이빨과 미모사 같은 노란 눈, 산처럼 풍성한 검은 털에 노란 별빛의 반점이 있는 진짜 늑대.

부모님이 트레일러 집에서 비명을 지르며 나온다. 밤이다. 다른 트레일러의 불이 하나둘 켜지고, 모두가 황급히 내려온다. 어릿광대, 곡마사, 곡예사, 여자들, 아이들. 모두들 잠옷이나 파자마를 입었거나 반쯤 벗고 있다. 그들이 나를 부른다. 내가 장난삼아 숨었다가 잠이 든 건 아닌지 보려고 몸을 숙여 트럭 밑을 살핀다. — 이런 일은 이미 여러 번 있었다. — 그들이 마을 광장으로 향하며 다시 나를 부른다. 아니, 이제는 소리를 지른다. 이웃집 창문들에서 불이 켜지기 시작하고, 사람들은 화를 내며 한밤중의 소란에 항의하고, 경찰을 부르겠다고 협박한다. 나를 찾아낸 건 고모다. 고모는 곧바로 사람들에게 달려가 조용히 시키고, 소리 내지 말라고, 제발 어떤 소리도 내지 말고 따라오라고 한다. 서커스 단원 모두가 우리로 다가간다. 문은 반쯤 열려 있고, 두 살의 나는 오줌으로 누렇게 변한 짚 위에 누워, 작은 머리를 늑대 배에 대고 잠을 자고 있다. 해맑고 행복한 잠이다.

폴란드 숲에서 공수해 온 늑대는 천막을 설치하는 동안 관객을 끌기 위해 전시됐다. 늑대는 어떤 프로그램에도 들어가지 않았다. 늑대를 길들일 방법이 없어서다. 사람들은 아이들을 데리고 와서 동화 속 검은 왕자, 놀랍도록 멋진 짐승을 보여주었다. 그들은 아이들에게 진실을 말하지 않았다. 이 늑대가 토끼보다 더 사랑스럽다는 것과 곡마사 아줌마가 먹이를 손으로 준다는 것, 전혀 무섭지 않으며, 심지어 으르렁대지도 않고, 별과 무성한 털로 이뤄진 산에서도 결코 나온 적이 없다는 사실을. 늑대 우리 위에는 크라쿠프 지역의 늑대라고 적힌 빨간 글씨의 안내판이 있다. 사람들은 우리 구석에서 졸고 있는 짐승보다는 안내판을 보며 더 무서워했다. 안내판은 무서운 짐승이라는 증거로 충분했고,

그들은 그걸로 만족했다. 두렵게 만드는 건 이름이다. 이름이 없는 것은 아무것도 아니며, 실체 자체도 없다.

    그곳에 모인 모든 단원이 늑대와 함께 있는 어린 소녀라는 그림 앞에 반원으로 둥글게 서 있다. 늑대가 위험하지 않다는 건 사실이지만, 그래도 정도는 있다. 아버지가 다가가 우리 속으로 들어간다. 나를 데려가려고 다가설 때, 늑대가 머리를 든다. 오로지 머리만. 마치 나를 깨우지 않으려는 듯, 배나 발은 전혀 움직이지 않는다. 그리고 처음으로 누런 이빨을 드러내며 으르렁거리기 시작한다. 아버지가 다시 다가서자 으르렁 소리는 더 커지고, 더 또렷해진다. 이빨은 잇몸까지 드러난다. 아버지는 뒤로 물러나 다른 사람들 쪽으로 간다. 사람들이 의논하며 생각에 잠긴다. 이건 내 일이에요. 내가 가죠. 조련사가 나선다. 사람들이 조금만 움직여도 늑대의 턱이 탁탁 부딪힌다. 그들은 기다리기로 한다. 시간이 조용히 흐른다. 모두가 그곳에 있다. 우리 앞에서 추위에 덜덜 떨며, 늑대가 언제 잠들지 살피면서. 이 광경은 아침까지 지속된다. 늑대가 잠자는 나를 지키던 새벽까지. 나는 차가운 첫 햇살의 부드러운 손길에 눈을 뜨고, 기지개를 켜며 일어선다. 늑대는 조심스레 물러서고 우리의 다른 구석으로 가서 마땅한 휴식을 취한다. 나는 곧바로 빠져나오지 않고, 철장 건너편의 사람들과 그들의 핼쑥한 얼굴을 쳐다본다. 순진무구한 잠으로 가뿐해진 나는 웃음을 터트리며 노래한다. 누군가가 나를 붙잡고 볼기짝을 두 번 때린다. 그리고 일주일 동안 트레일러 밖으로 못 나가게 한다.

나를 감시하면서부터 사람들은 늑대 우리의 자물쇠를 하루에도 열 번씩 점검한다. 그래도 내가 그 앞에서 몇 시간이고 시간을 보내는 걸 막을 수 없다. 감시가 소홀해지면 나는 재빨리 철창 사이로 손을 내밀고 늑대가 손을 핥게 한다. 잠들기 전, 아버지는 밤마다 우리 앞에 있는 나를 데리러 오는 게 일이다. 잠옷 차림의 나는 칠흑 같은 어둠 속에서 태양처럼 빛나는 노란 눈을 몇 분 동안 바라보다가 앞으로 다가서고, 그 눈에 사로잡힌다.

늑대는 아를 근처에서 죽었다. 내가 여덟 살 때였다. 내게 그 말을 전해준 사람은 마치 장군에게 그의 군대가 대패했다고 알려주기라도 하듯 매우 조심스러워했다. 나는 아무 말도 하지 않았다. 아를에 이르기 전, 카라반은 개양비귀꽃이 가득 핀 황무지에 잠시 멈춰 섰다. 남자들이 삽을 꺼냈다. 나는 행렬에 앞장섰고, 개양비귀꽃들로 가장 붉게 물든 땅을 골랐다. 사람들이 땅을 팠다. 내가 하도 성질을 부려대는 통에, 어머니는 결국 나한테 지고 말았다. 내 소원대로 구덩이 안에 내 잠옷을 넣었고, 그걸로 늑대를 감쌌다.

얼굴을 보기 전에 냄새를 맡는다. 냄새를 맡기 전에 자갈 위를 걷는 발소리를 듣는다. 귀부인의 소리, 하이힐, 힘차고 견고한 발걸음, 또각또각, 또각또각. 그리고 적막. 제비꽃과 은은한 담배 향, 내게 숙인 얼굴, 내면에 웃음 짓는 무언가를 담은 쉰 목소리. 아가, 너 거기서 뭐하니?

그곳은 아를에서 8킬로미터나 15킬로미터 정도 떨어진 곳이다. 나의 늑대는 이 마을 위쪽, 아니면 아래쪽에 묻혀 있다. 나는 개양귀비꽃이 핀 황무지를 찾지 못해 몇 시간이고 걸었다. 공연이 끝난 후 저녁에 길을 나섰다. 어머니에게는 늑대가 죽은 후 첫날 밤이니 곡마사 아주머니 집에서 자고 싶다고 말해두었다. 잠옷 바람으로 트레일러를 나왔다. 새 잠옷이었다. 옛날 잠옷은 땅 밑에 있다. 부모님을 껴안고 인사한 다음, 계단 두 개를 내려와 쌍둥이들을 깨우지 않으려 천천히 문을 닫고, 곡마사 아주머니에게 가는 척했다. 아무도 나를 보지 않았다. 모두들 침대에 있거나 텔레비전 앞에 있었다. 나는 사자 우리 뒤편에 앉아서 한두 시간을 기다렸다. 한밤이 되어 슬리퍼와 잠옷 바람으로 길을 떠날 때 사자들은 잠들어 있었다. 나는 아를 외곽에 자리 잡은 서커스단에서 1킬로미터 떨어진 들판까지 왔다. 30분이면 충분할 것 같았다. 마지막으로 나의 늑대에게 작별을 고하고, 무덤에 꽃과 과일을 산더미처럼 놓아둘 시간은.

하늘이 잿빛처럼 새카매서 내가 꺾은 도랑의 꽃들은 기대했던 것보다 반짝이지 않았다. 과일은 길가의 정원에서 훔쳤는데 그때마다 개 짖는 소리가 요란했다.

죽은 자들은 먼 길을 떠나는 여행자다. 그들에겐 음식이 필요하다. 나는 나의 늑대가 개양귀비꽃만 먹는 것을 바라지 않았다. 내 길 위에 꽃으로 피어날 모든 것이 그에게 다시 힘을 줄 것이다.

팔이 아팠다. 제물은 점점 더 무거워졌다. 마을 입구에 이르자, 민들레, 복숭아, 데이지꽃 들이 납덩이가 된 것만 같았다. 나는 쉬기로 작정하고, 덧문이 닫혀 있고 개가 없는 집을 살핀 후 울타리를 넘어 돌 벤치 위에 몸을 뉘었다. 아무 걱정 없이 잠시 눈을 붙일 수 있을 것 같았다. 그곳에서 그녀가 날 발견했다.

아가, 너 거기서 뭐하니? 대답하기 전에 얼굴을 찬찬히 바라본다. 뚱뚱한 아주머니다. 뚱뚱한 여자들의 얼굴은 매우 섬세하다. 나는 아몬드 눈과 도자기 같은 볼을 쳐다보고 아무 생각 없이 대답한다. 내 이름은 프륀*이에요. 프륀 아망동. 여기가 어디예요? 아마 다른 날 밤처럼 헤맸나 봐요. 난 몽유병 환자거든요. 아빠가 그러는데, 내가 자주 그런대요. 아빠랑 단둘이 살고 있는데, 내일 아빠에게 알려주실 수 있어요? 오늘 밤에는 아빠가 일하셔서 안 계시거든요. 아빠는 도로에 있어요. 그녀는 미소를 짓고 벤치 위, 내 머리맡에 쿠션처럼 쌓여 있는 꽃과 과일들을 힐끗 본다. 내가 입고 있는 잠옷이 그녀를 안심시키고 내 이야기를 믿게 만든다. 그녀가 내 손을 잡고 집으로 데려간다. 지금 바로 아빠를 만날 수 없는 게 확실해? 네, 확실해요. 아빠는 트럭 운전사예요. 도축장으로 동물들을 실어 가요. 오늘 아침에는 황소들을 실어 오려고 스페인으로 떠났어요. 지금은 벨기에에 있을 거예요. 내일 돌아올 거예요. 우리는 아를 시청 근처의 카트르로즈 거리에 살아요. 잠을 자면서 아주 많이 걸었나 봐요. 너무 피곤한데, 오늘 밤에 아줌마 집에서 잘 수 있어요?

새소리에 잠에서 깬다. 아니, 새소리라고 믿는다. 그리고 생각한다. 독일어를 하는 새라니 이상도 하다고. 새는 슈베르트다. 슈베르트가 집 안 곳곳을 파닥파닥 날아다닌다. 쉬지도 않고 온 방 안을. 방에서 나오자 여주인이 나를 부엌으로 데려가서 아침을 준비해 준다. 경찰서에 전화했단다. 네

* Prune(n.f) : 자두

아빠에게 알려달라고 했어. 경찰이 연락줄 거야. 그녀에게 선 언제나 오드콜론과 은은한 담배 향이 난다. 그녀의 말소리는 끊임없이 지저귀는 새소리 같다. 황홀함에 취해 듣지 않고 듣는다. 나는 이미 알고 있었다. 사람들은 서로를 즉시 좋아하거나 혹은 결코 좋아하지 않는다는 걸. 나는 그녀를 곧바로 좋아한다. 그녀는 간호사다. 왕진을 갔다가 돌아오면서 정원에서 날 발견했다. 낮에는 왼팔과 오른팔에 주사를 놓는다. 응급 상황일 때는 밤에도 놓는다. 주사를 놔서 벌어들인 돈은 음반을 사는 데 쓴다. 집 안 곳곳에 음반이 있다. 거실에서 바그너를 틀면 <라인의 황금>이 여기저기 설치한 스피커를 통해 방들과 서재와 거실을 가득 채운다. 그녀가 말한다. 이렇게 난 음악 속에서 걷고, 먹고, 자고, 움직여. 다른 사람들은 집에 고양이나 남편이 있지만 내겐 바그너, 라벨, 슈베르트가 있어. 고양이처럼 어디에나 가볍게 존재하는 거지. 그래도 남편은 있어. 진짜 남편 말이야. 보여줄게. 그녀가 내 손을 잡고 살짝 열린 문으로 이끈다. 방에는 아주 높은 침대가 있고, 붉은색 솜이불 밑에 사람 형태가 있다. 그녀가 나를 방으로 데리고 들어간다. 깨지 않을 거야. 진통제를 먹어서 오후 2시 전에는 일어나지 않아. 침대로 다가간다. 살짝 무섭다. 베개에 깊이 파묻힌 얼굴이 보인다. 나는 얼른 복도로 돌아간다. 간호사가 나를 바라본다. 마치 세상에서 가장 아름다운 선물을 주기라도 하듯이. 있잖아, 꼬마야, 내가 이 음악을 좋아하게 된 건 저이 덕분이야. 파티시에였는데 지금은 은퇴했단다. 방문 진료를 시작하던 시절에 만난 환자야. 우리는 비슷한 직업을 가지고 있었어. 둘 다 사람들을 돌보는 직업이거든. 그는 웃음을, 나는 눈물을 맡았지. 그는 우울증을 앓고 있었어. 우울증이 뭔지 아니? 일식日蝕 본 적 있어? 우울증은 일식 같은 거야. 달이 마음 앞에 슬며시 끼어드는 거야. 그러면 마음은 자신의 빛을 더는 내지 못해. 낮이 밤이 되는 거란다. 우울증은 부드러우면서 캄캄해. 남편은 반쯤 회복됐어. 어둠은 떠났고 부드러움은 남았지. 남편은 굉장히 멋진 케이크를 만들었어. 초콜릿으로 진짜 성도 만들었단다. 지금도 가끔 날 위해 만들어 줘. 네가 오늘 오후에도 계속 여기 있게 되면 밀푀유를 만들어 달라고 해야겠어. 꼬마야, 과자를 만드는 것과 사랑하는 건 비슷하단다. 얼마나 신선한지가 문제거든. 그리고 모든 재료는 제아무리 씁쓸한 재료라 해도 달콤한 걸로 바뀌지.

그녀가 하는 말을 전부 알아듣지는 못한다. 아니 전혀 알아들을 수 없다. 다만 새들을 가로지르는 그녀의 목소리를 들을 뿐이다. 내가 갑자기 웃음을 터뜨린다. 그녀는 놀란 기색도 없이, 오히려 행복한 시선으로 나를 본다.

경찰이 전화를 한다. 아망동이란 성은 조회가 되지 않아요. 어디에도 없어요. 나는 아무 말 없이 눈살을 찌푸린다. 몇 시간만 더 독일 새들 옆에 머물고 싶다. 독일 가곡 리트, 이런 음악을 들은 건 난생처음이다. 이런 웅성거림 속에서 진짜로 산책할 수 있다니. 그 속에선 마음에 비치는 약간의 달빛만으로도 자유롭고 즐겁다.

부모님이 내가 사라졌다는 것을 알아차렸다. 경찰서에 전화를 걸었고, 간호사의 주소를 받았다. 이미 다른 도시로 향하던 카라반은 차를 돌려 마을 거리에 도착한다. 초인종 소리가 들리고, 아버지가 들어오고, 복도에서 간호사와 이야기하고, 내 진짜 이름을 밝히고, 아무 말 없이 나를 팔에 안고, 간호사에게 감사 인사를 하고, 나를 트레일러로 데리고 간다. 한마디 말도 없다. 나는 우울증에 걸린 파티시에의 밀푀유를 맛보지 못할 것이다.

아를 근처로 돌아간 적은 한 번도 없다. 나는 안다. 죽은 자들은 죽음 속에 있지 않다는 것을. 나는 안다. 죽은 자들은 가느다란 빛의 실로 우리 세계와 구분된 다른 세계 속에 있다는 것을. 때때로 빛의 장막 속을 지나가는 늑대 머리를 본다. 나는 미소를 짓고 황금 빛살 속의 노란 눈을 바라본다.

늑대가 죽은 후 가출이 시작됐다. 부모님은 그렇게 여긴다. 나는 훨씬 이전부터라고 생각한다. 단지 눈에 띄지 않았을 뿐이다. 몇 시간이고 늑대의 눈 속에서 타오르는 불을 응시하는 건 세상 끝까지 가는 일이었다. 지금도 그렇다. 흰 벽에 둘러싸인 이 작은 방에서 문득 여행 생각이 나면 창으로 다가가 오래도록 하늘을 바라본다. 가능한 한 오래, 그곳에서 늑대의 뜨겁고 부드러운 무언가를 알아차릴 때까지. 한때 연인이었던 이들의 얼굴을 지금 내가 하늘의 조각을 보듯 바라보곤 했었다. 그 얼굴들에서 같은 것을 찾아 헤맸다. 나를 안도하게 하는 남자의 그것은 바로 늑대였다. 1940년과 1945년에 폴란드에서 일어난 일을 알고 있다. 할머니가 해준 이야기다. 각 사람에게는 아기 때 들었던 옛날이야기가 있고, 저마다의 푸른 수염이 있다. 사람들이 유대인, 집시, 동성애자, 그 외 다른 이들에게 가했던 일을 나는 안다. 그건 늑대라면 결코 할 수 없었을, 인간의 일이라는 걸.

세상에는 세 종류의 사람이 있다. 방랑자, 정착민, 그리고 어린아이. 내 형제인 아이들과 내 형제인 늑대들을 추억한다. 피와 꿈으로 연결된 나는 여전히 그들 중 하나다.

그렇게 나는 두 살, 두 살 반 무렵, 늑대의 요람 속에서 태어나기 시작한다. 그 이전은 알지 못하고 알 수도 없다. 그전에는 기다린다. 부모님은 나를 돌보고 우유와 빵과 웃음을 준다. 내가 말하는 **부모님**은 단지 아버지와 어머니만은 아니다. 아버지는 서커스에 필요한 모든 일을 한다. 팔은 근육질이고, 손아귀 힘은 매우 강하고, 손톱은 시커멓다. 아버지를 기억할 때 제일 먼저 떠오르는 건 얼굴이 아니라 팔과 손목과 손이다. 그건 곰 발바닥 아래 굴러가는 알록달록한 커다란 공보다 그리 무겁지 않은 나를 안을 때 아버지가 사용하는 모든 것이다. 아버지는 언제나 땀투성이고, 트럭 엔진 밑에 기어들어 가고, 접어놓은 천막 지붕 아래서 유령처럼 움직이고, 박스와 타이어와 널빤지 들을 늘 들어 올린다. 나는 그의 여흥이다. 무겁디무거운 물건들을 들다가 지치면, 그는 웃으며 나를 붙잡아 몇 그램에 불과한 내 마음을 공중으로 휙 던져 올리고, 땅에 닿을 즈음 다시 붙잡고는 땀에 전 시큼한 키스로 나를 소생케 한다. 어머니, 나는 그녀의 웃음소리를 듣는다. 그녀의 웃음은 빙 둘러싼 트레일러들 속 어디에서든 터져 나온다. 섬들의 새. 그렇다. 어머니의 웃음은 솟구쳐 나오자마자 온 세상을 가득 채운다. 마치 갈색 잎으로 뒤덮인 대지부터 청회색 하늘까지 단숨에 숲을 점령하는 새의 노래처럼.

나는 어머니가 미쳤다고 생각한다. 미친 엄마는 야수 같은 아이들의 마음과 가장 잘 어울리는 훌륭한 엄마다. 세상의 모든 아이들에게 미친 엄마가 있으면 좋겠다. 어머니의 광기는 고국인 이탈리아에서 기인한다. 이탈리아에서 사람들은 안에 있는 것을 밖으로 꺼내 놓는다. 말려야 할 옷가지와 빨아야 할 마음. 그들은 이 모든 걸 창문 두 개를 이은 줄 위에 걸고, 거리에 내보인다. 그리고 하루에도 몇 번씩, 외침과 웃음으로 뒤범벅된 끝없는 오페라 속에서 이웃들 앞에 널어야 할 것들을 찾는다. 겉으로 보기엔 흥겹다. 단지 겉으로 보기에만. 사실 이탈리아인들은 슬프다. 그들은 삶을 진정으로 사랑하기 위해 과도하게 모방하는 삶을 살며, 죽음과 연극의 냄새를 풍긴다. 이 말은 엄마를 화나게 만들고 싶을 때 아버지가 하는 말이다. 아버지의 나라, 나는 그 나라 이름은 모른다. 내 아버지의 나라는 침묵이다. 아버지는 저녁이면 집으로 돌아오는 모든 남자다. 한마디도 하지 않는 과묵함. 아버지는 늑대와 같아서 동맥 속에 흐르는 불꽃이 눈으로 올라오고, 입술로는 아무것도 올라오지 않는다.

내 어머니는 고양이, 참새, 넝쿨식물, 소금, 눈, 꽃가루 같다. 곡마사가 어머니를 사랑한다. 어릿광대가 어머니를 사랑한다. 조련사가 어머니를 사랑한다. 이 부족의 모두가 어머니를 사랑하고, 어머니는 내버려 둔다. 주위에서 일어난 불들이 그녀 옆에 아버지를 붙들어 두는 최고의 방법이다. 사랑은 바람에 부푼 붉은 천 아래 빛나고, 맨발에 부드럽게 밟히는 톱밥이 깔린 둥근 서커스 천막 같은 동그라미를 그린다. 원은 단순하다. 당신이 사랑받을수록 사람들은 당신을 더 사랑한다. 사랑받기 위한 비법은 관계가 시작될 때에 있다. 무엇보다 사랑받는다는 것에 대해 생각하지도, 갈구하지도, 원하지도 말아야 한다. 미친다는 건, 미치는 걸로, 울면서 웃는 걸로, 웃으면서 우는 걸로 자족하는 것이다. 남자들은 결국 광기의 빈터로 이끌리고, 환심을 사는 데 관심조차 없는 사람에게 매료된다. 그 후, 당신은 사랑의 원 안에서 빙글빙글 돌며 춤을 추고, 남편은 균형을 잃지 않도록 당신의 팔을 붙잡고 조용히 사방으로 눈을 굴린다.

여기서 당신에게 보여준 두 사람은 내 부모의 일부일 뿐이다. 정착하여 살아가는 불쌍한 가족들, 나는 그런 당신들이 너무 빈약하다고, 불쌍할 정도로 빈약하다고 늘 생각했다. 하나뿐인 아버지, 하나뿐인 어머니는 너무 빠듯하다. 어린 시절을 항해하는 아이와 동행하려면 적어도 열 명, 스무 명의 부모가 필요하리라. 내게는 그런 부모들이 있었다. 부모님과 마음이 맞지 않을 때면 어릿광대나 곡예사 아주머니의 문을 두드리러 가곤 했고, 한 주 혹은 두 주 동안 내 부모가 되어줄 사람들을 선택했다. 나는 열세 가정에서 동시에 자랐다. 내가 가출을 시작한 시기는 아마도 그때부터였을 것이다.

내 이름을 말하는 걸 잊어버렸다. 나는 오로르다. 이제 당신은 모든 걸 안다. 아니, 농담이다. 내 이름은 벨라돈이다. 그리고 마리, 뤼드밀라, 앙젤, 에밀리, 아스트레, 바르바라, 아망드, 카트린, 블랑슈다. 실은 재미있자고 하는 말이다. 웃음은 나보다 훨씬 강하다. 나는 진지할수록 웃는 게 좋고, 그건 엄마에게 물려받은 기질이다. 이름들은 진지하다. 성姓은 태어날 때부터 당신 위로 떨어지고, 나이가 들수록 두툼한 옷 속으로 스미는 가랑비처럼 점점 더 무거워진다. 나는 이름들을 재빨리 지어내는 법을 배웠다. 그 때문에 경찰들은 내 가족을 찾는 데 곤란을 겪었으나 내게는 더 많은 시간이 주어졌다. 나에겐 언제나 내가 해야 할 일을 위한 시간이 필요했다. 그건 바로 아무것도 안 하는 것이다. 그저 바라보고, 바라보고, 바라보는 일뿐. 나를 안다고 생각하는 사람들이 서로 만난다면, 그들은 자신들이 말하는 사람이 같은 사람이란 걸 전혀 모른 채 몇 시간이고 나에 대해 말할 수 있을 것이다. 나는 옷이나 향수를 바꾸듯 각각의 사람에게 새로운 이름으로 다가간다. 물론 진짜 이름은 절대 말하지 않는다. 게다가 진짜 이름이 무슨 소용인가? 나는 길을 가다가 친구들을 얻고 그들의 성을 물어본 후, 놀라울 만큼의 뻔뻔함으로 이제 네 이름은 이렇게 저렇게 불릴 거라고 말하는 그리스도의 이야기를 늘 좋아했다. 새로운 이름을 주는 것은 새 피를 수혈하는 것과 같다. 그건 사랑의 행동이며, 연인들의 특권이다. 당신을 위해서는 내 전체를 아우르는 이름을 선택하려 한다. 방금 거울처럼 텅 빈 종이에 써봤는데, 내게 썩 잘 어울리는 것 같다. 그 이름은 '퓌그(가출)'다. 내 마음을 가장 잘 표현하는 이 이름은, 우리끼리 하는 이야기지만, 멋진 문장을 쓸 수 있게 도와준다. 상상해 보라. '어린 퓌그가 높이 자란 풀들 사이로 달리기 시작한다'라는 문장을.

아버지가 두 번째 직업을 가진 이후 나는 묘지에 자주 드나들었고, 그곳에서 문학에 대한 취향을 갖게 되었다. 묘지의 석판은 책 표지와 흡사하다. 직사각 형태에 약력이 쓰여 있는 데다가, 이따금 '영원히 당신을 기억하며'라고 적힌 짧은 문장은 광고 문구를 적은 띠지 같다. 가족의 성은 망자를 위한 책 제목이다. 성은 모든 걸 요약해 준다. 내가 원했던 삶은 요약할 수 없는 삶이었고, 대리석이나 종이가 아닌, 음악 같은 삶이었다.

그래도 내 이름은 얘기해 줄 수 있다. 이름은 성보다 훨씬 가벼워서 한결 편안하다. 내 이름은 뤼시인데 빛이라는 단어에서 유래했다. 그러니 지칠 줄 모르고 끊임없이 이리저리 쏘다니는 내 대모인 빛을 따라 쉬지 않고 움직일 수밖에.

오전 6시에 글을 쓴다. 호텔은 고요하다. 15일 전부터 이곳에 와 있다. 아무 일도 일어나지 않는 곳을 찾았고, 그런 곳을 발견했다. 쥐라의 퐁신르바 근처에 있는 데자베이* 호텔. 나는 꿀벌이 좋다. 이곳에 머물며 잉크와 고독과 고요함으로 나의 꿀을 만드는 중이다. 그들은 그곳, 파리에서 사방으로 나를 찾아다닐 것이다. 내가 없어졌다는 건 공항에서 전화를 받고 나서야 알았을 공산이 크다. 그들은 내가 없으면 촬영을 할 수 없다고 말했었다. 사람들을 붙잡기 위해 바보 같은 말을 하는 건 미친 짓이다. 그리고 그런 어리석은 말을 믿는 것도 미친 짓이다. 내 사랑, 내 귀염둥이, 당신은 너무나 아름답고, 당신이 최고야. 당신은 꼭 필요한 사람이야. 또 무엇이 있을까. 비평가들은 나의 첫 영화에 매료되어 조연에 불과했던 나에 대해서만 떠들었다. 두 번째 영화는 틀림없이 성공했을 것이다. 캐나다에서 촬영하는 두 번째 영화. 그러나 내게 두 번째 영화는 없을 것이다. 첫 영화로 돈을 벌었고, 그 돈은 쥐라에서 3년 동안 지내기에 충분해 보인다. 잘하면 4년도. 그 후에는 다른 방도가 생길 것이다. 여기 있어도 그들이 하는 말이 들린다. 무책임하고 미성숙하고 변덕스러운 더러운 년. 그러나 그들이 진짜 단어를 찾을 수 있을까? 자신들의 인생에서 갖지 못했기에 단어 목

* Abeille(n.f) : 꿀벌

록에 없는 유일한 언어. 자유라는 단어를. 오전 6시부터 7시까지, 나는 흰 종이로 된 창문 하나를 성큼 뛰어넘는다. 밖으로 나가 내 늑대를 껴안은 후, 이 땅의 살아 있는 모든 이가 지닌 기본 권리, 사라지겠다고 말하지 않고 사라질 권리를 실행하고 돌아온다. 글쓰기는 이 권리를 행하는 다른 방식이다. 물론 조금은 수다스럽지만 아주 실용적이다.

나는 혼자가 아니다. 뚱보가 나와 함께 있다. 그는 내게 말하고, 나는 듣는다. 매우 작은 방이지만 뚱보는 많은 자리를 차지하지 않는다. 그는 카세트테이프와 카세트플레이어 속에 있다. 뚱보는 바흐다. 요한 제바스티안. 나는 내게 무언가를 주는 것들에 언제나 이름을 다시 붙였다. 뚱보는 내 인생 전반에 걸쳐 내게 많은 것을 주었다. 바흐의 초상화를 본 적이 있는가? 불룩한 배를 보면 임신한 암고양이가 떠오른다. 그의 영혼은 자신의 육체를 따라가는 것만 같다. 새끼 고양이 수천 마리를 배고 있는 배처럼 뚱뚱한 영혼. 그는 일생 동안 수천 개의 음표들을 낳았다. 먹고자 하는 욕구가 육체에 있듯이 창작의 욕구는 영혼 안에 있다. 영혼은 배고픔이다. 세월이 흐르면서 나는 두 부류, 오직 두 부류뿐인 창작자들을 구분할 수 있게 되었다. 그들은 마른 자들과 뚱뚱한 자들로 나뉜다. 줄이고 버리고 최소한의 손길로 창작하는 사람들, 이들은 자코메티, 파스칼, 세잔이다. 축적하고 확장하고 병적인 허기를 가지고 창작하는 사람들은 몽테뉴, 피카소다. 그리고 음표로 가득 채워진 바흐 또한 이 부류에

속한다. 내가 다른 작곡가들보다 바흐의 음악을 유독 좋아하는 까닭은 그의 음악이 감정을 해방시켜 주기 때문이다. 슬픔도 후회도 우울함도 없이, 단지 똑딱거리는 벽시계 추 같은 음표의 수학만 있을 뿐이다.

그건 마치 삶에서 사라져 가는 인생과 같다.

어머니가 변하기 시작한다. 처음에 나는 어머니 뺨 색깔 외에는 아무것도 알아차리지 못한다. 어제는 달처럼 우윳빛이었다가 오늘은 복숭아처럼 분홍빛이다. 변화는 눈으로 옮겨간다. 가느다란 나뭇가지 하나, 무엇과도 닮지 않은 빛 하나, 크리스마스를 기다릴 때 혹은 축제에서 스파클링 와인을 마실 때 보이는 조그만 열정의 돌 하나가 하루 종일 눈 속에서 날아다닌다.

트레일러에 있는 내 방은 트럭 운전석 위에 있어서 둥지처럼 느껴진다. 나는 저녁마다 늑대를 기리는 의식을 치르고, 침대에 들어가 천장을 뚫어 만든 타원형의 작은 창문으로 여름 하늘을 바라본다. 별들의 이름은 알고 있었다. 별들의 나이도 안다. 어릿광대가 별의 나이를 알려줬을 때 그다지 놀라지 않았다. 별들한테는 아주 늙은 여자들에게만 있는 유쾌함이 있으니까. 나는 눈꺼풀이 무거워질 때까지 오래오래 별을 바라본다. 별들은 내가 바라볼수록 마치 연애의 법칙을 따르듯 더욱더 빛을 발한다. 그래서 나는 별인 어머니가 점점 더 아름다워지는 것을 전혀 이상하게 생각하지 않는다. 그녀는 자신의 모습 그대로 찬미의 대상이 되고, 세상이 주는 빛을 그들에게 돌려줄 뿐이다.

얼굴을 빛내던 아름다움이 어머니의 몸으로 내려와 느리게 변해갈 때 나는 불안해진다. 어머니는 언제나 느렸다. 어머니가 이제 곧 밥 먹을 거라고 얘기하면 아버지와 나, 우리는 어머니가 채소도 전혀 다듬지 않았고 냄비 물에 감자도 아직 넣지 않았으며, 심지어 냄비 물은 끓지도 않은 상태이고, 별일 없으면 두 시간 후에나 밥을 먹게 되리라는 걸 알고 있었다. 그러나 몸의 느린 변화는 이전에는 한 번도 본 적이 없었다. 특히 살이 찌는 것은 더욱더 보지 못했다. 어머니는 금전 출납기를 더는 들지 못했고, 좁은 매표소에 들어갈 수가 없어서 표를 팔지 못할 정도로 뚱뚱해졌다. 나를 충격에 빠뜨린 건 뚱뚱함과 권위, 무거움과 훌륭함이라는 두 변신의 결합이다. 서커스단에는 코끼리가 세 마리 있다. 거대한 몸집의 코끼리 두 마리와 작은 코끼리 한 마리. 어머니가 가장 큰 코끼리만큼 뚱뚱해질까 봐 겁이 난다.

나는 무슨 일이 벌어지고 있는지 알기도 하고 모르기도 한다. 세 살 때의 나는 방이 두 개 있는 집과 같다. 첫 번째 방에서는 놀고 생각한다. 두 번째 방에는 들어가기를 거부한다. 들어가지 않으려는 이유는 그곳에 무엇이 있는지 아주 잘 알기 때문이다. 게다가 내가 직접 그것을 거기에 던져

버렸으므로 모를 수가 없다. 나는 아래에 있는 두 번째 방에 내가 본 것, 나와 어울리지 않는 것을 던져 넣었다. 이를테면 곧 태어날 동생 같은 것을.

흔히들 말하는 것처럼 불행은 결코 혼자 오지 않는다. 동생이 태어나고, 몇 분 후 또 다른 동생이 뒤따라온다. 꿈틀거리고 울부짖는 두 불행이 왜인지 모르지만 서커스단 사람들을 사로잡는다. 나는 그들을 플릭과 플록이라 부르고, 최고 권력자의 의지로 내 왕국에 임시로 머무는 것을 허락한다. 몇 달이 지난다. 나는 기다리고 관찰한다. 나는 늑대의 아내이자, 플릭과 플록의 지배자다. 이들은 내 부모를 바꿔놓았으나 나머지는 거의 망가뜨리지 않았다. 내 이마에 갖다 대는 곡예사 아줌마의 부드러운 손, 인동덩굴 냄새, 크림 속에 떨어진 딸기의 맛, 별들의 속삭임과 내 늑대의 태평함, 새벽에 도착한 마을들에 피어 있는 장미의 아름다움. 아니, 사실 플릭과 플록은 나의 왕국을 그렇게 많이 뒤엎어 놓지는 않았다.

나는 일곱 살이고, 그들은 네 살이다. 한 시간 동안 그들을 돌봐야 한다. 나의 무리를 모은다. 조련사 아들 조세, 곡마사 아줌마의 두 딸이자 사촌인 클라랑스와 셀리아. 우리는 플릭과 플록을 성당 뒤 빨래터로 데리고 가고, 그들에게 세례를 주어야 할 때라고 정한다. 행렬의 선두에 선 두 꼬마는 가장 앞줄에 있다는 자부심으로 가득 차 있다. 우리는 빨래터에 도착한 후 주기도문의 첫 구절을 암송하고, 쌍둥이를 이끼 낀 초록 물에 던진다. 아버지가 곧바로 도착한다. 물속으로 쑥 들어가 비명 지르는 두 빨래 뭉치를 끄집어내는 털북숭이 두 팔. 바로 따귀를 날리는 빨랫방망이 같은 두 손. 다음 날 우리는 천막 아래 열린 법정에 출두한다. 둥글게 배치된 계단 좌석 위에 어른들이 앉아 있다. 우리는 가운데 서서 훈계를 듣는다. 치명적인 질문이 날아온다. 쌍둥이들에게 세례를 주었다고 했는데, 그렇게 한 이유가 무엇이냐? 대답이 합창이 되어 터져 나온다. 광대 아저씨요. 요르단강에서 예수님이 세례를 받았는데, 세례 후에 예수님 머리 위로 비둘기가 내려왔다고 말해줬어요. 쌍둥이들 머리 위로 성령인 비둘기가 오는지 보고 싶었어요. 세례 후에 비둘기가 오길 기다린 거예요. 모든 얼굴이 가련한 어릿광대로 향한다. 빛나는 교육의 대단원이 막을 내린 참이다.

서커스단이 한 마을에 머무는 건 이삼일 정도에 불과해서 신부를 초빙하거나 학교 수업을 들을 시간이 없다. 교육은 다른 일과 마찬가지로 가족이 담당해야 했다. 예수의 어린 신부로서 흰옷을 입고 성체 배령을 하는 날, 우리가 알아야 할 것을 말해준 사람은 교리문답을 가르친 어릿광대다. 그는 일주일에 한 시간씩 오후가 시작될 무렵, 우리를 자신의 트레일러로 불러 모은 후 성경책을 펼쳤다. 때때로 그는 분장을 했고 공연 복장을 입었다. 나는 그걸 웃기다고 생각하지 않았다. 그런 모습의 아저씨를 보는 데 익숙해져 있었던 탓이다. 그리고 어릿광대들을 보면 언제나 무서웠다. 아니, 오히려 걱정이 됐다. 나는 언제나 어릿광대들을 걱정했고 그들이 공연을 망칠까 봐, 관객들의 웃음이 터지지 않을까 봐 늘 염려했다. 그건 공중그네 꼭대기에서 떨어지는 것보다 더 심각한 일로 느껴졌다. 어릿광대의 공연은 잔인하다. 자세히 들여다보면 폭력적인 행동으로만 이루어져 있다. 넘어지고, 일어서고, 다시 넘어지고, 눈물을 흘리는 어릿광대. 그는 이 세상의 심술궂은 행동이 모조리 자신에게 향하도록, 그리고 그 악惡이 당신을 짓누르기 전에 그것을 웃음으로 바꾸려고 바보짓을 한다. 나는 그의 복장과 복음서 이야기들이 잘 어울린다고 생각했다. 그는 성경을 읽었고, 때로는 몸짓과 표정으로 흉내 냈다. 그가 허공에서 나풀거리는 알록달록한 소매와 나뭇잎처럼 유연한 팔로 향유를 부은 여인을 묘사할 때는 너무나 아름다웠다. 그는 우리에게 여인의 머리칼을 보게 해주었고, 그녀가 그리스도 앞에서 몸을 어떻게 숙였는지, 그녀의 길고 긴 머리카락을 젊은 청년의 발 위에 어떻게 올려놓았는지 보여주었다.

빨래터 사건 이후, 교리문답 시간이 사라졌다. 종교에 관한 한, 나는 향유, 맨발, 머리카락, 이 눈부신 삼위일체에 머물러 있다.

어린 소녀들이 이불 속에서 꿈꾸는 것은 매혹적인 왕자들이 지닌 늑대의 눈과 어릿광대처럼 연약한 성자들, 그리고 언젠가 갖게 될 길고 긴 머리카락이다.

새벽 5시 15분. 잠에서 깨고, 파티에 가듯 몸단장을 한다. 얼굴에 물만 대충 묻히는 고양이 세수다. 샤워는 오후 늦게 할 생각이고, 향수는 뿌리지 않는다. 나는 옷장을 꼼꼼히 들여다보며 망설이다가 파란 원피스를 고른다. 그러고는 예전에 물가로 갔을 때처럼 당당하고 쾌활하게 흰 종이 앞으로 간다. 수온을 가늠하기 위한 두세 문장. 온도는 적당하다. 이제 머리만 내민 채 나를 완전히 둘러싼 흰빛 안으로 몸을 담근다. 의자와 책상이 점점 멀어진다. 호텔은 강 위의 한 점에 불과하다. 나는 종이 위에서 사각대는 펜의 웅성거림과 밀려왔다 쓸려가는 검은 잉크의 파도에 흔들리며 헤엄친다.

나는 일찍 일어나고 늦게 잔다. 나를 재우고 깨워주는 건 똥보다. 부족한 잠은 오후에 보충한다. 오후에는 무엇을 해야 할지 늘 알지 못했다. 바뀐 것은 아침이다. 오랫동안 아침이 없는 생활을 했었다. 11시는 되어야 침대에서 빠져나왔고, 아버지는 내 늦은 기상에 질색했다. 당신 딸은 어쩌면 그렇게 당신을 똑 닮은 거지? 아버지는 어머니에게 그렇게 말하곤 했다. 어머니는 잠이 아주 많은 사람이었다. 새벽에는 새들이 노래한다. 아버지는 그런 새들에 속하는 사람이었다. 요즘에는 기상 시간의 차이가 두 분에게 이혼만큼이나 심각한 일은 아니었을까 하는 생각이 든다. 뚱보의 음악을 들으며 깨달은 게 있다. 행복은 분리된 음이 아니라, 두 음이 서로 퉁겨 튀어 오를 때 생기는 기쁨이라는 것이다. 불행은 당신과 상대방의 음이 서로 조화를 이루지 못하고 이탈할 때 찾아온다. 우리가 겪는 가장 심각한 분열은 다른 어디도 아닌 리듬에서 나온다.

휴가 중에도 해가 뜰 때 일어나는 부류와 침대에 한정 없이 늘어져 있는 부류를 늘 본능적으로 알아채곤 했다. 첫 번째 부류를 보면 곧바로 저어하는 마음이 들었다. 무언가를 빨리, 많이 하는 것보다 더 중요한 일은 없다는 듯 치열한 삶의 전장으로 떠나는 사람들이 늘 불편했다. 어머니는 넘치는 사랑을 받은 사람이어서, 하루의 모든 순간을 빽빽하게 채우며 살 필요가 전혀 없었다. 일찍 일어나는 사람이 세상을 지배한다는 말이 있다. 그들은 세상이 그들 것이라 느끼게 만들고, 자기가 벌이는 법석을 꽤나 자랑스러워한다. 하지만 사람은 사랑받을 때 세상에 무관심해지며 둘러볼 필요조차 느끼지 않는다. 어머니는 사랑의 바다에 몸을 담그고 있었다. 그녀의 부모는 그녀를 떠받들었고, 남자들은 그녀를 숭배했다. 그녀에게는 증명해 보이거나 이루어야 할 것이 아무것도 없었고, 시간을 허송하며 침대에 머무를 수 있었다. 내 어머니, 그녀는 세상을 믿지 않았다. 그 점에서 나는 그녀의 딸이다. 그녀는 오로지 사랑만 믿었다. 그리고 우리가 사랑만 믿을 때, 아침 일찍 일어날 기분 따위는 생기지 않는다. 그때 우리는 사랑이 거기 있기에 혹은 사랑이 모자라서 이불 속에 머무른다.

오늘 새소리가 들리기 전에 일어난 것은 갈망 때문이다. 나는 침대에서 잉크로 옮겨 가는데, 둘은 비슷해서 동일한 휴식을 준다. 뚱보도 그렇다. 수천 개의 음들을 써 내려가면서도, 그는 결코 애쓰지 않았다. 조곡, 칸타타, 소나타, 미사곡, 협주곡, 모든 곡이 서로 닮았고 황홀하게 되풀이된다. 결코 자신의 본성에서 벗어나지 않았고, 일찍 일어나는 자들이 떠드는 노래를 전혀 믿지 않았다. 세상 속에서 전진하기 위해서는 자신에게 가혹해야 하고 스스로를 내몰아야 한다는 그들의 말을. 뚱보는 몸을 웅크리고, 음표와 대기의 품 안에서 하염없이 잠들어 있었다.

바흐의 초상화를 보면 커다란 고양이나 고래를 떠올릴 수도 있다.

그의 음악을 들으면 욕조에 몸을 담그고 물속에 머리를 넣은 채 바깥 소리에 귀 기울이고 있을 때와 같은 느낌을 받는다.

이불 속 혹은 욕조에서 빈둥거리는 이들은 똑같은 천성을 지니고 있다. 그들에겐 푸른 고래의 노래와 지나간 시대의 궁중 푸가가 심장까지 솟구쳐 올라온다.

여덟 살부터 열 살까지, 나는 가출이라는 나의 임무를 성실히 수행한다. 카라반은 내가 있는지 확인하지 않으면 떠나지 않고, 다른 아이들은 나를 감시하는 일을 맡는다. 나는 이 놀이를 정말 좋아한다. 가출은 인생과 닮았다. 나타나고 사라지는 일은 인생 그 자체라고 할 수 있다. 아이들은 어른들이 내가 어디로 갔는지 물을 때 기꺼이 거짓말을 한다. 나는 그들에게 적군을 피해 몸을 숨겼다고 얘기해 주었다. 이 표현은 술에 취해 영웅심에 들뜬 조련사 아저씨가 했던 스페인 전쟁 이야기에서 알게 됐다. 사실 그게 어떤 전쟁인지도 모르고 전혀 이해도 못 한다. 하지만 때로 흐르는 매 순간은 죽음의 시간이 되거나, 모든 게 다시 시작되는 다음 순간까지 죽음에서 벗어났다는 순전한 기쁨을 맛보는 시간이 될 수도 있다는 것쯤은 알 수 있었다. 나는 매 순간을 이처럼 활용하기로 결심한다. 아니, 활용이라는 말은 적절한 단어가 아니다. 나는 한 바위에서 다른 바위로 폴짝 뛰어 깊은 강을 건너듯 한 순간에서 다른 순간으로 가겠다고 결심한다. 물이 튀고 몸은 서늘해져도, 결코 빠져 죽지 않는다.

이제는 부모님에게 늑대에 관한 말을 하지 않는다. 더는 독일 새와 모든 집의 모든 삶, 다른 삶들로 건너가고 싶은 내 갈망에 대해 아무것도 얘기하지 않는다. 그들은 나의 엉뚱한 생각들이 다 사라졌다고 여긴다. 최악의 배신자는 쌍둥이들이다. 그들은 나를 너무 좋아해서 어디든 따라다닌다. 동생들을 떼어내기 위해 한 일들을 말하자면 너무 길어진다. 나는 쌍둥이들이 내 가출에 끼어들지 않기를 바란다. 사실 누구도 웃어넘길 수 없을 것이다. 소녀의 행방이 묘연해지므로. 하지만 괜찮다. 소녀는 원래 그런 아이니까. 그리고 사람들은 늘 그렇듯이 결국 소녀를 찾아낸다. 그런데 나를 향한 쌍둥이들의 열렬한 숭배로 인해 겪을 수밖에 없는 위험들이 있다. 나를 찾으면, 아버지는 고함을 지르며 수돗가로 끌고 가서는 내 머리를 붙잡고 오랫동안 물을 맞게 한다. 나를 가르치기 위해서라고 하지만 도무지 이해할 수 없었다. 아이에게 고래고래 소리 지르고 차가운 물을 쏟아붓는다 한들 무엇을 배우게 할 수 있다는 건지. 만일 쌍둥이들을 모험에 동참시켰더라면 고함도 찬물 샤워도 없었을 테지만, 그 대신 어두운 침묵과 야수의 시선과 굳게 다문 입술을 견뎌내야 했을 것이다. 그건 최악 중의 최악이다.

어느 날 어릿광대가 말해주었다. 어머니는 꼬마 소녀의 버릇이 다시 시작되어 집을 떠났다는 말을 들을 때마다 웃음을 터뜨린다고. 그 웃음은 나를 진정시키고 깊은 안도감을 준다. 웃음의 양산을 받쳐 든 나는 한낮의 태양 아래서 오래오래 달린다. 아버지의 침묵은 거부의 표시이며, 어머니의 웃음은 체류 허가증이다.

여덟 살에서 열 살까지 가출을 여섯 번 했고, 그만큼의 가명도 만들었다. 그로뒤루아 마을에 갔을 때 내 이름은 이렌 파스크롱이었는데, 누구도 말을 건네지 않아서 그 이름은 쓸모가 없어졌다. 이틀 동안 밤낮으로 바닷가를 어슬렁거리다가, 배가 고프면 수영하는 사람들의 가방을 뒤져 간식을 꺼내 먹는다. 아침에는 오래된 항구 근처에 있는 작은 배에서 잠을 자고, 오후가 되면 지루한 시간을 보낸다. 피서객은 직업의 일종이다. 그리 호락호락한 직업은 아니다. 가족들과 연인들을 바라본다. 혼자 온 사람은 거의 없다. 어쩌면 혼자인 사람들은 피서를 즐길 권리가 없는지도 모르겠다. 그게 아니라면 쉬어야 할 만한 일이 없거나. 무리 지어 다니는 이들을 본다. 그들이 낮과 밤의 시간을 질서 정연하게 채우는 모습이 보인다. 수영하고, 낮잠 자고, 장을 보고, 카페의 테라스에서 아무것도 하지 않으며 시간을 무너뜨리는 광경을. 둘째 날 저녁, 지루해하던 내 앞을 세 번이나 지나쳤던 경찰이 결국 나를 불러 세운다. 나는 그들에게 잘못 안 거라고, 나는 길을 잃지 않았으며 내 부모와 자매들이 저기 200미터 앞에 있다고, 그냥 심통을 좀 부려서 그들이 화가 났을 뿐이라고 말한다. 그리고 임시 부모에게 달려가 놀란 표정으로 나를 바라보는 여자의 손을 내 맘대로 잡는다. 걱정 마세요. 잠깐만 엄마가 필요해요. 그다음에 놔드릴게요. 경찰은 멀리서 아이의 변덕이 끝나는 장면을 지켜보다가 다시 차를 타고 가버린다. 나도 떠나려 하는데, 여자가 손을 놔주지 않는다. 딸들은 불안한 눈초리로 나를 쳐다본다. 그들의 아버지가 묻는다. 부모님은 어디 계시니? 나는 손가락으로 하늘의 별을 가리킨다. 저 위에 있어요. 두 분 다 저 위에 있는데, 만나러 갈 거예요. 그들 모두 머리를 든다. 그 사이에 여자의 손을 내 입으로 가져와 물어버린다. 여자가 소리를 지르는 틈을 타서, 늦은 시각이라 인적이 없어진 해변으로 도망친다. 나는 숨을 쉬고, 노래한다. 벌거벗은 별들처럼 알몸이 되어 별빛 가득한 물속으로 몸을 담근다. 검푸른 물속에서 해안은 곧 시야에서 벗어난다. 잘못된 방향으로 헤엄칠까 봐 두려워한다. 어둠 속에서 헤엄치고 있어도, 아무도 불러주지 않는다. 죽음도 이와 비슷할 것이다. 나는 죽지 않았다. 대신 감기에 걸려서 퉁퉁 부은 눈과 빨개진 코로 서커스단에 돌아간다.

서커스단은 이틀 전부터 리모주에 있다. 나는 사자 우리 근처에서 돌차기 놀이를 한다. 노랫소리에 고개를 돌린다. 여름학교인 것 같다. 어른 세 명이 선두에 서고, 아이들이 음정이 맞지 않는 노래를 부르며 뒤따른다. 지나가는 사람들이 조심스레 뒷걸음질 친다. 미치광이들이 더 잘 보인다. 산책을 시키려고 데려온 자들은 미치광이들이다. 미쳤다는 말 대신 정신 장애나 그와 비슷한 다른 용어로 말해야 한다는 걸 잘 알고 있다. 하지만 나는 미쳤다는 말을 좋아한다. 그 말이 훨씬 이해도 빠르고 귓가에 부드럽게 울리기 때문이다. 나는 그들이 두렵지 않다. 내가 두려워하는 것이 무엇인지는 아주 잘 알고 있다. 나는 다른 무엇도 아닌, 사람들이 나를 더는 사랑하지 않을까 봐 두렵다. 그것 말고는 거미를 무서워한다. 첫 번째 두려움에 관해서라면 안심이 된다. 왜인지 모르지만 마음이 놓인다. 마치 어머니가 자기 자신에게 안도했던 것처럼. 언제든 나를 사랑해 줄 누군가를 찾을 수 있을 것 같다. 설령 아무도 없다 해도, 공기, 모래, 물, 빛은 늘 옆에 있다. 그러니 내가 버려지는 일은 결코 일어나지 않을 것이다. 작은 무리에 다가간 후에야, 이들을 아이들이라고 착각했던 이유를 알게 된다. 그들에겐 나이가 없다. 아이의 얼굴을 한 성인의 몸. 이런 뒤섞임은 기이하다. 마치 육체를 좀먹는 세월이 시선을 돌리고 그들의 존재를 아예 잊어버린 것만 같다. 마치 세월이 그들 없이, 그들 위로, 그들을 모른 체하며 흘러간 듯하다. 나는 맨 뒷줄에 있는 사람의 손을 잡는다. 그는 놀란 기색도 없이 내 손을 꽉 마주 잡는다. 그들의 노래에 내 노래를 싣는다. 행렬은 곧바로 트레일러들에서 멀어지고 마을을 벗어나 공원으로 들어선다. 공원 안쪽에는 성城이 하나 있다. 줄이 흩어지고, 나는 커다란 아기 얼굴을 한 마른 여성과 함께한다. 그녀는 화가 난 인형처럼 끊임없이 하늘로 팔을 들어 올리며 걷는다. 그녀가 성으로 들어가 식기가 놓여 있는 식당을 지나 계단을 오르고 일곱 개의 침대가 있는 방으로 들어선다. 그러고는 침대에 누워 점점 더 빠른 속도로 팔을 들어 올린다. 나는 옆 침대로 기어 올라가 팔이 아닌 다리로 똑같이 따라 한다. 그녀는 계속 움직이며 이따금 나를 쳐다본다. 이 상황은 오랫동안 지속되는데, 여인은 지치는 기색이 없다. 대화마저 단조로워서 지루하기 짝이 없다. 나는 방을 나가 계단으로 내려간다. 불그스름한 얼굴의 소년이 종을 울리고 있다. 저녁 시간을 알리는 종소리다. 나는 정원 안쪽으로 가서 보리수나무에 몸을 기대고 둘러본다. 떨어지는 나뭇잎, 기어가는 개미, 갈라지는 구름. 볼거리는 도처에 있다. 문득 잠이 든다. 잠에서 깨어나니 성은 검은색으로, 하늘은 붉은색으로 물들어 있다. 허기가 져서 복도들을 돌아다니다가 주방을 발견한다. 트레일러 두 개를 합친 것만큼 광활하고 거대한 이런 부엌은 한 번도 본 적이 없다. 아연 재질의 싱크대 가장자리에 페인트 통만큼 커다란 잼 단지 하나가 있다. 도통 열리지 않는다. 의자 위로 올라가 공간을 절반가량 높이로 둘러싼 찬장을 뒤져보지만, 아무것도 없다. 슬픔이 밀려온다. 슬픔은 허기 옆에 있고, 배가 아닌 눈으로 전해진다. 여기가 공용 장소라는 사실이 슬프다. 모두를 위한 것은 누구를 위한 것도 아니기 때문이다. 나는 계속 먹을 것을 찾는다. 찬장을 열자 타일 바닥으로 냄비들이 떨어지고, 냄비들을 잡으려던 내가 떨어지고, 사람들이 몰려온다. 다섯 명이 내 주위를 둘러싸고, 그중 한 명이 내게 어디서 왔는지 묻는다. 그가 말할 때 다른 사람들이 침묵하는 것으로 보아 아마도 원장인 듯하다. 나는 미소를 지으며 배고프고 목마르다고 손짓으로 전한다. 그가 나를 사무실로 데려간다. 점점 더 배가 고파지고, 그만큼 손짓은 더욱 장황해진다. 그가 말한다. 먹을 걸 줄 테니 걱정하지 마. 그런데 말을 못 하는구나. 혹시 이름과 주소는 쓸 수 있니? 그가 내 앞에 종이를 내민다. 나는 종이에 '로즈 라미앙트, 리모주 르클레르크가 27번지'라고 쓴다. 이 주소를 써도 걱정은 없다. 나는 거의 모든 마을에 르클레르크란 이름의 거리가 있다는 걸 이미 알고 있다. 르클레르크란 사람은 도대체 어떤 일을 했기에, 그렇게 많은 거리가 그의 이름으로 불리게 된 것일까? 내가 내 이름을 딴 거리를 갖고 싶은지는 잘 모르겠다. 만약 그런 일이 생긴다면, 그 거리는 집들이 물속에 든 설탕처럼 자연 속에 녹아들고 서로 띄엄띄엄 떨어져 있는 교외의 시골 마을에 있어야 한다.

이번에 날 찾은 건 경찰이 아니었다. 쌍둥이들이 내가 미친 사람들과 함께 떠나는 것을 목격했고, 그들의 설명은 나를 찾기에 충분했다. 부모님은 지역의 정신병원 두 곳을 들른 후 성에 도착했다. 부모님을 보는 원장의 눈초리가 따갑다.

보닛에 별들이 그려진 분홍색 캐딜락을 타고 돌아가고 있다. 아버지의 침묵. 침묵은 둑이 터지듯 금세 깨진다. 분노가 어머니에게 떨어진다. 당신 딸은 어쩌고, 당신 딸은 저쩌고. 아버지가 내게 화를 낼 때 나는 어머니의 딸일 뿐이다. 어머니는 지상에서 일어나는 모든 혼돈의 원인이고 유일한 책임자다. 수많은 비난 앞에서도 어머니는 웃음만 터뜨린다. 매번 그렇듯이 아버지는 그 순간에 두 욕망 사이에서 머뭇거린다. 어머니를 죽여버릴지 아니면 입을 맞출지. 망설임은 일 초도 지속되지 않는다. 어머니의 유쾌함은 전염력이 매우 강해서 트레일러 근처에 도착한 무리는 이제 미친 듯이 웃어댄다. 방탕한 아이는 그렇게 돌아온다.

우리는 자식들에게 많은 말을 한다. 밤이든 낮이든 자식들의 행복과 인생과 죽음에 대해 쉴 새 없이 떠든다. 특히 더 많이 이야기하는 것은 그들의 죽음에 대해서다. 밤낮을 가리지 않고 앞으로 다가올, 확실한, 의도적인 종말을 아이에게 고지한다. 바로 성장에 대한 말이다. 어서 커라, 죽어라, 그리고 우리만 남겨두어라. 어린 시절은 박동이 너무 빨라서 불안한 심장과 비슷하다. 모든 것이 아이의 심장을 느슨하게 만들기 위한 것이다. 그 모든 걸 극복하고 살아남은 심장이 기적이며, 다음과 같은 말을 그 누구도 결코 할 수 없다는 것이 기적이다. '자, 마침내 우리는 이런 나이에, 이런 순간에 도달했다. 더는 아이도 모차르트도 랭보도 아니며, 그저 성인일 뿐이다.' 모든 아이가 모차르트는 아니다. 하지만 모차르트는 어린 시절의 모든 것이다. 물 위에서 춤을 추는 기법과 움쑥한 구렁에서도 잠을 자는 방식으로. 모든 아이가 랭보는 아니다. 하지만 랭보는 어린 시절의 모든 것이다. 속임수를 대하는 순수한 취향과 반복하는 말이나 반짝이는 돌들에 즐거워하는 마음으로.

열 살 때 모차르트와 랭보를 만났다. 크레테유 지역의 어느 계단에서였다. 모차르트의 이름은 줄리앙이고, 나이는 열한 살이다. 나의 늑대처럼 검은 아이. 부모의 고향은 마르티니크섬이다. 아버지는 팔이 하나밖에 없는데, 나머지 팔은 공장 기계에 남겨놓았다. 그는 장애연금을 받는다. 모자란 팔로 먹여 살려야 할 식구가 일곱 명이다. 랭보는 열두 살이다. 그의 이름은 모모. 희지도 검지도 않은 피부는 모래처럼 황금빛이다. 아버지는 카빌리아 출신이고, 어머니는 영국인이다. 그들은 열쇠수리점, 철물점, 빵집 등 온갖 상점이 있는, 우체국처럼 커다란 건물에서 식료품점을 운영한다.

리모주로 간 이후, 나는 더 이상 움직이지 않는다. 지방은 너무 작고, 경찰서의 고양이들은 내 뒤를 너무 빨리 쫓는다. 나는 기다린다. 지난 휴가들을 마치고 쉬고 있다. 한 계절이 끝나가고, 가을은 자신의 색깔을 내보인다. 서커스단은 머지않아 겨울잠을 잘 것이다. 아직은 여름의 열기가 살짝 남아 있다. 우리가 도착한 곳은 파리의 교외인 크레테유다. 나는 네모반듯한 건물들을 바라보며 지낸다. 사라지기에 더할 나위 없이 좋은 장소다. 심지어 이보다 더 좋은 이점도 있다. 이곳에는 수많은 얼굴이 있으나 아무도 그들을 보지 않는다. 수많은 아이들이 있으나 아무도 그들을 길들이지 않는다. 사라지는 데 이보다 더 이상적인 곳은 없다.

피같이 붉은 서커스 천막이 건물에 사는 아이들의 시선을 끌어당긴다. 우리는 그곳에서 두 번의 공연을 하며 사흘 동안 머문다. 아이들은 킁킁거리며 동물들의 냄새를 맡으러, 반짝이 의상들을 만져보러, 화려함과 비참함이 범벅된 서커스의 모든 것을 응시하러 온다. 그들은 용기를 내어 트레일러 사이를 돌아다니고, 잠그는 걸 잊어버린 트레일러 안으로 들어오고, 우리가 먹고 빨래하는 모습을 보려고 모여든다.

모차르트 줄리앙, 나는 그를 단번에 알아본다. 그는 말을 하지 않고 휘파람 소리를 낸다. 아니, 그보다는 오히려 구구 소리를 내거나 지저귀며 노래한다. 그는 한 번도 본 적 없는 수십 가지 새의 소리들을 흉내 낼 수 있다. 어린 시절, <유럽 새들의 노래>라는 카세트테이프가 그를 흔들어 재웠다. 형제 한 명이 차 안에서 **발견한** 테이프였는데, 부모는 그가 잠들 때마다 그 테이프를 틀어주었다. 그 이후, 그는 흉내 내기 대장이 되었다. 화내는 소리부터 결혼 행렬에 이르기까지 모든 종류의 떨리는 음을 낼 수 있다.

랭보 모모, 그는 말을 한다. 심지어 말을 아주 잘하고 많이 한다. 단어는 쓰레기통에 버려진 신문과 오래된 책들에서 찾는다. 그는 마릴린 먼로의 전기를 읽는 중이다. 그는 먼로가 사람들이 사랑하지 않았기 때문에, 혹은 너무 사랑한 까닭에 자살한 금발의 미녀라고 뻐기며 얘기한다. 어느 기자의 기사 내용을 읊은 것이 분명하다. 내 이름이 마릴린이라고 말했을 때, 그는 깊은 감명을 받았다.

두 소년은 늘 붙어 있다. 둘 중 한 명이 보이면 다른 한 명의 소리가 들린다. 당연한 것이, 랭보와 모차르트는 둘 다 동일한 계보에 같은 피를 지니고 있으며, 목적은 없지만 끝없는 기쁨 속에서 살아가는 동일한 천재이기 때문이다.

나는 줄리앙에게 나의 가출 이야기를 들려준다. 그는 그 이야기들보다 내게는 평범하기 짝이 없는 서커스 일상을 더 흥미로워한다. 그에게 고양이, 텔레비전의 푸르스름한 빛, 층계참에서 나는 콜리플라워의 썩은 냄새가 익숙하듯, 나에게는 사자, 투광기에서 나오는 타오르는 불, 어릿광대의 트럼펫, 동물 배설물 냄새가 익숙하다. 모모는 내 말을 더 집중해서 듣는다. 사랑하면 상대의 말에 귀를 기울이게 된다. 내 가출 이야기, 그중에서도 특히 내 이름과 내 이름이 만들어낸 마법은 모모의 마음에 나를 향한 사랑을 움트게 한다. 서커스단이 떠나기 전날 밤, 나는 그들에게 도와달라고 부탁한다. 단순한 일이다. 크레테유에는 집 없는 사람들을 위한 집들이 있다. 예를 들면 지하 주차장은 그런 곳 중 하나다. 그러나 너무 어둡고 위험하다. 지하 창고가 훨씬 낫다. 우리는 그중 하나를 차지하고, 학교가 파한 후 그곳에 간다. 여름에 서늘하게 지낼 수 있고, 창고 주인이 누구인지 아무도 모른다. 그래서 창고는 자연스레 우리 것이 되고, 일

년 전부터 우리 오두막이다. 의자 두 개, 식탁 하나, 라디오, 침대, 초를 비롯해 안락함을 위한 모든 게 있다. 만일 당신이 원한다면, 당신 것이다.

다음 날 서커스단 사람들은 트레일러 안의 침대에 내가 잠들어 있는지 확인하고 다른 도시로 떠난다. 어머니는 트럭 앞칸, 아버지 옆에 있다. 나는 옷을 입은 채로 침대에 누워 있었다. 가방도 미리 준비해 두었다. 첫 번째 빨간 신호등이 켜졌을 때 트레일러를 빠져나와 부리나케 뛰어 건물들 속으로 돌아간다. 새의 노래가 나를 환영한다. 5분 후, 나는 수천 톤의 시멘트 아래 위치한 내 집에 있다.

지하 창고에는 잘 때만 간다. 밤 10시쯤, 줄리앙과 모모가 손전등을 각자 하나씩 들고 나를 호위한다. 나는 건물들 사이의 빛이 제멋대로이며 변덕스럽다고 기껏 생각할 뿐이다. 건물 주민들은 대부분이 실업자다. 나는 가난한 자들이 빵뿐만 아니라 물과 빛 같은 기본적인 생활 여건에서도 제외가 된다는 사실을 아직은 모르고 있다. 만일 할 수만 있다면 사람들은 가난한 자들이 숨 쉬는 공기에도 비용을 내게 할 것이다. 어쨌든 지금은, 나는 두 기사의 시중을 받는 여왕이다. 그들은 집에서 이불과 자잘한 장식품들을 몰래 가져와 내게 꿈의 집을 만들어 주었다. 누군가 당신을 사랑할 때, 그는 당신에게 지상의 집을 제공한다. 집은 돌이 아닌 사랑으로 만들어지기에, 지하 창고도 훌륭한 집이 될 수 있다. 그 안에는, 늑대와 내가 수다 떨던 시절 그가 선사했던 것과 같은 물과 넝쿨식물의 잠이 있다. 모모는 먹을거리를 구해오려고 부모의 가게를 턴다. 줄리앙은 이따금 나를 집으로 부른다. 그곳에서는 아무도 내가 어디에서 왔는지, 내가 어디에 사는지 묻지 않는다. 일곱 명이 있을 때는 한 명이 더 는다고 해도 크게 눈에 띄지 않는 법이다.

한낮과 저녁의 몇 시간을, 나는 마치 그곳에 사는 다른 모든 이처럼 밖에서 보낸다. 공을 차고 드넓은 운동장을 달릴 때 나는 보이지 않고, 내가 보이지 않는다는 것도 알고 있다. 수많은 파도들 속에서 파도 하나를 알아보기 힘든 것처럼, 수십 명의 다른 아이들 사이에 있는 나를 알아보기란 불가능하다. 어린 시절은 떠들썩한 수많은 웅성거림을 등에 업고 멀리 달아나는 파도처럼 모든 차이를 덮어버린다.

재앙이 닥치기 전까지는 날짜를 세지 않을 만큼 행복한 나날을 보낸다. 재앙은 세 가지 이름을 가지고 있다. 비, 학교, 사랑. 비는 공원의 아이들을 쫓아낸다. 오후에는 나를 불러주는 곳으로 여기저기 가긴 하지만, 지하 창고에서 더 오래 머물러야 한다. 그럴 때면 모모가 가져온 잡지들을 읽는다. 여왕과 운동선수들에 관한 이야기들이다. 학교는 비와 똑같은 재앙을 불러온다. 내 또래의 새들을 흩뜨리고, 일정한 시간마다 땅을 비운다. 그리고 사랑. 모모는 나와 결혼하길 원한다. 폭풍우 치는 밤, 그가 프로포즈를 한다. 새벽

두 시, 그의 손이 내 오른뺨을 가볍게 어루만지며 나를 깨운다. 줄리앙은 그의 뒤에 있다. 두 소년은 일요일의 나들이 복장이다. 마릴린, 네게 할 말이 있어. 줄리앙이 나 대신 말해줄 거야. 그리고 줄리앙은 내가 한 번도 들어본 적 없는 새들의 노래에 내가 아는 종달새와 울새의 노래를 섞어 30분 동안 내게 들려준다. 유럽의 모든 새들이 내게 구애를 한다. 이제 줄리앙은 가고, 모모가 의자에 앉는다. 나는 여전히 솜이불 속에 누워 있고, 모모는 그의 사진 소설 속 등장인물처럼 말한다. 그는 우리가 알게 될 미래, 우리 아이들의 이름, 우리가 나중에 겪게 될 고난들, 돈과 습관에 대한 염려들을 말한다. 이따금 그는 말을 멈추고 내게 몸을 숙여 서늘한 목에 키스를 한다. 나는 아무 말 하지 않고, 움직이지 않는다. 꿈속에 있는 듯 열기가 느껴진다. 나는 잠에서 깨지 않을 정도로만 살며시 미소 짓는다. 문 뒤에서 예기치 않은 고난 하나가 불쑥 나타난다. 경비원과 경찰관을 대동한 잠옷 차림의 모모 엄마다. 내 시어머니와의 첫 만남은 냉랭한 편이다.

사람들이 마릴린의 부모를 찾는다. 마릴린의 부모가 경찰서에 도착하고, 의자에 웅크리고 앉아 있는 우리를 본다. 나는 모모의 오른쪽 어깨에 머리를 기대고 있다. 내게 상처를 준 건 아버지의 분노가 아니다. 그건 이미 예측한 바고 각오하고 있었다. 어머니의 붉은 눈도 아니다. 그건 마릴린의 이름이 마릴린이 아니라는 걸 알게 된 모모의 얼굴이다.

내가 여왕에서 하녀의 신분이 되어버렸다는 사실을 그의 눈에서 또렷이 본다.

시내에 있는 문구점은 호텔에서 500미터 거리다. 작은 문구점 유리창에는 펜 네 개, 경건한 그림 두 점, 먼지 쌓인 책 세 권이 진열돼 있다. 바로 앞의 대형 서점에 들어갈 수도 있었지만, 난 이곳이 더 좋다. 더 작은 곳에서는 더 많은 것을 발견할 수 있다. 종이 한 묶음과 터너의 그림 복제품을 구매한다. 큰 서점에서는 보지 못했을 것이다. 바닷가 풍경. 진흙과 하늘이 뒤섞인 빛깔. 완벽한 그림이다. 그림을 책상 위 벽에 붙였다. 그림이 내게 거울 역할을 한다.

화가들이 붙잡지 못해 절망하는 진짜 빛이 아침마다 덧창 틈으로 새어 들어오고, 침대에 누워 있는 내 얼굴 위쪽 벽에 줄무늬를 그린다. 빛이 내게 말한다. 열어, 어서 열어봐. 놀라게 해줄 게 있어. 다른 모든 날과 엄연히 다른 하루는 언제나 놀랍다. 눈을 가늘게 뜨고 자세히 살핀다. 나는 작고 특이한 것들을 잘 보곤 한다. 아니, 그런 것만 본다. 이 꽃들도 그렇다. 오늘은 글을 쓰지 않고 숲으로 산책을 갔다가 빨간 꽃들을 발견했다. 곡예사가 머리에 꽂던 리본 색깔이 떠올라 꽃을 꺾었다. 신선한 꽃들이 없는 방에서는 오래 있을 수 없다. 식물은 다르다. 집 안에 있는 식물은 견고한 부부와도 같은 존재감을 내뿜는다. 내 취향에는 다소 무겁다.

꽃들의 이벤트는 하루면 충분하다. 혹시 당신이 이런 문장에서 애잔함을 느낀다면, 나는 당신을 동정한다. 꽃들은 말하고 노래하며, 바흐만큼이나 유쾌하게 내 방을 채운다. 게다가 문제도 별로 없다. 지금 뚱보는 축 늘어져 있다. 카세트플레이어의 건전지를 바꿀 때가 되었다. 급할 건 아무것도 없다. 나는 문제가 되는 일에 늘 무관심했다. 선반을 고치거나, 전구를 갈거나, 결별 편지를 쓰기 전에 몇 주를 그냥 흘려보내곤 했다. 뚱보도 기다려야 한다. 그가 하는 말이 그다지 그립진 않다. 대신 말해줄 꽃들이 있으니까. 이 꽃들은 붉은 옷을 입고 물속에 발을 담근 채 수다를 떠는 젊은 보헤미안이다.

나는 글을 쓸 때 잉크로 쓰지 않는다. 가벼움으로 쓴다. 설명을 잘했는지 모르겠다. 잉크는 구매할 수 있으나 가벼움을 파는 상점은 없다. 가벼움이 오거나 안 오는 건 때에 따라 다르다. 설령 오지 않을 때라도, 가벼움은 그곳에 있다. 이해가 가는가? 가벼움은 어디에나 있다. 여름비의 도도한 서늘함에, 침대맡에 팽개쳐 둔 펼쳐진 책의 날개들에, 일할 때 들려오는 수도원 종소리에, 활기찬 아이들의 떠들썩한 소음에, 풀잎을 씹듯 수천 번 중얼거린 이름에, 쥐라산맥의 구불구불한 도로에서 모퉁이를 돌아가는 빛의 요정 안에, 슈베르트의 소나타에서 언뜻언뜻 보이는 가난 속에, 저녁마다 덧창을 느릿느릿 닫는 의식에, 청색, 연청색, 청자색을 입히는 섬세한 붓질에, 갓난아기의 눈꺼풀 위에, 기다리던 편지를 읽기 전에 잠시 뜸을 들이다 열어보는 몽글몽글한 마음에, 땅바닥에서 '팡'하고 터지는 밤껍질 소리에, 꽁꽁언 호수에서 미끄러지는 개의 서투른 걸음에. 이 정도로 해두겠다. 당신도 볼 수 있듯, 가벼움은 어디에나 있다. 그럼에도 불구하고 가벼움이 믿을 수 없을 만큼 드물고 희박해서 찾기 힘들다면, 그 까닭은 어디에나 있는 것을 단순하게 받아들이는 기술이 우리에게 부족하기 때문이다.

그가 일을 시작하는 모습을 멀리서 바라본다. 선생님들의 의견과 내 점수가 적힌 통지표를 높이 흔들며 그에게 달려간다. 거기에 쓰인 숫자와 언어들은 그의 딸이 지식이라는 잿빛 하늘에 나타난 혜성 같은 존재이며, 가장 고귀한 운명을 약속한 별처럼 빛난다고 말해준다. 때로는 그를 찾을 수 없다. 나는 집으로 돌아가 어머니에게 그가 정말 그곳에 있는지 묻고, 그렇다는 대답 앞에서 발길을 돌려 더 천천히 걷는다. 힘센 팔로 파낸 무덤구덩이 속에서 10초마다 한 번씩 삽으로 퍼낸 흙을 하늘로 던지는 그를 찾을 때까지. 나를 본 그는 일을 중단하고, 반짝이는 땅에 삽을 꽂고, 담배에 불을 붙이며 내게 말한다. 딸, 왜 왔어? 나는 그에게 이번 학기에 라틴어, 영어, 프랑스어 수업에서 거둔 점수들을 고한다. 20점 만점에 15점, 16점, 17점. 얼마나 보석처럼 빛나는 점수들인가. 선생님들의 평은 뜨겁다. 수학과 자연과학에는 젬병이라 통지표에 옅은 그림자를 드리운다. 그가 언급하는 건 오로지 이 두 점수뿐이고, 두 점수만 지적한다. 그러고는 웃음기 없이 다시 삽을 움켜잡고 땅을 판다. 파고, 던지고,

파고, 던진다. 냉혹한 그의 말은 내게 상처를 주어 내 영혼을 파내고, 학기가 끝날 때마다 좋은 흙과 기쁨을 조금씩 없애버린다. 이 구멍은 바닥이 없는 것 같다.

그는 내 눈에서 흐르는 눈물을 보지 못한다. 나는 그에게 이 영광을 돌리지 않고 눈물을 삼키며 돌아선다. 어머니가 기다리는 부엌에서 삼켰던 눈물이 다시 흐른다. 그녀는 이제는 다 큰 나를 어린 소녀처럼 팔로 감싸고, 가슴에 꼭 끌어안는다. 긴 머리를 했던 예전의 어머니 위로가 더 좋았다. 어머니가 나를 꼭 끌어안으면 머리카락이 부드러운 물처럼 내 얼굴에 흘러내리곤 했다.

시간이 지나면 알게 될 일이지만, 실은 이미 알고 있다. 아버지가 중병에 걸렸다는 사실을. 살면서 걸리는 여러 가지 병이 있다. 예를 들어, 어머니의 병은 그 무엇도 심각하게 여기지 않는 병이다. 가벼운 병이라 생활하는 데 아무런 지장도 주지 않는다. 아버지의 병은 치유가 불가능하다. 바로 완벽주의다. 모든 것을 더 잘해야만 하고, 잘 해낸 일은 절대 없다. 절대, 절대로. 주위 사람을 힘들게 하는 해악이 아닐 수 없다. 한 해가 끝날 때 나는 이런 사실을 깨달았다. 더는 서둘러 아버지에게 달려가지 않고, 통지표는 책상 위에 아무렇게나 놔두고, 아버지의 의견을 듣지 않는다. 뻔한 얘기를 다시 듣는 건 고역이 아닐 수 없다. 나는 어머니 편에 합류하여 수많은 것들에 눈을 감아버리고는 웃음을 터뜨린다.

 짧은 시간 동안 많은 변화가 생긴다. 미용사의 가위 밑으로 떨어지는 어머니의 머리카락, 내게 떨어진 기숙학교라는 날벼락, 멀어지는 서커스단. 이 모든 일이 이틀 사이에 일어난다.

 서커스 단장의 트레일러 안에 부모님이 서 있고, 나는 그들 뒤, 등나무 의자에 앉아 있다. 부모님이 잘못을 저지른 듯한 분위기는 처음이다. 등 뒤로 잡은 손, 동동거리는 발, 당황한 목소리. 폴란드 출신인 단장은 프랑스어를 말하지 않고 삼킨다. 시제를 맞추고 동사 변화를 하는 건 꽤나 복잡한 일이다. 그는 도저히 완벽해질 수 없는 이 언어를 말하기 위해 동사 원형만 사용하는 방법을 선택했다. 그가 바에서 잔 네 개를 꺼낸다. 나는 오렌지주스, 그들은 허브 보드카. 얼음 원하다? 아니, 누구도 얼음을 원하지 않는다. 그는 맹수처럼 곧바로 핵심을 향해 돌진한다. 첫 번째, 가을, 곧 겨울. 그래서 사람이 많이 필요 없다. 두 번째, 딸. 항상 나가다. 맨날 경찰들 오다. 계속은 불가능하다. 서커스 이미지 좋지 않다. 세 번째, 돈. 금고에 돈이 적다. 조련사, 곡예사, 어릿광대는 필요하다. 당신은 덜 필요하다. 그래서 자르다. 날 원망하지 말다.

 당연히 당신을 원망하지 않는다. 면담을 하고 두 시간

후, 아버지는 신문에 실린 공고를 읽는다. 서커스단이 가야 할 마을에서 무덤을 파는 인부를 찾고 있다. 급여도 좋고 묘지와 가까운 숙소도 있다. 다음 날 부모님은 장례업계에 몸담기 위해 축제업계를 떠나고, 서커스단 사람들이 개머루덩굴로 뒤덮인 집으로 짐을 옮겨준다. 넓은 정원, 벽난로, 거실에서 위층 방들로 연결된 나선형 계단, 무덤들 뒤로 보이는 숲의 전경. 비록 내 운명이 불확실하다 해도, 지금 이 순간만큼은 행복 그 자체다. 기숙학교가 가출에 대한 내 열병을 줄여주긴 할 테지만, 당분간 우리 집은 아버지 월급에만 의존해야 하는데 기숙학교는 비싸다. 부모님은 이것저것 알아보았고, 관공서에서 수당을 지급받을 수 있게 되었다. 10월 초에 30킬로미터 떨어진 생트아녜스 중학교로 가기 위해 버스를 타야 한다. 아버지는 내게 1년 동안 시험 삼아 다니는 거라고 설명한다. 집에는 학기가 끝날 때나 돌아올 것이다. 토요일과 일요일에는 어느 부인 — 기숙사에서는 집이 너무 먼 기숙생을 주말 동안 있게 해주면서 돈을 버는 사람을 대모라고 부른다. — 집에서 하숙을 할 것이다. 나는 30킬로미터가 그렇게 먼 거리인 줄 미처 몰랐다. 부모님은 내가 반항을 하거나 낙담하거나 혹은 최소한 놀랄 것이라고 생각하지만, 그들은 내게서 미소만 볼 뿐이다.

방금 중요한 것을 깨달았다. 새로운 인식이라 해도 좋다. 누구든 나에게 결코 강요할 수 없다는 사실이다. 그 누구도, 그 무엇도. 기숙학교는 그때 생각하자. 드디어 나만의 방법을 찾았다. 아주 간단할뿐더러, 기숙학교뿐만 아니라 한참 후 결혼이나 직업, 그 밖의 모든 일에 활용 가능한 방법이다. 그건 바로 그때가 되면 생각하는 것이다.

중학교에 도착한 날은 비가 쏟아지고 있었다. 버스 운전사가 방향을 알려주었다. 여기서 300미터 거리니까, 뛰어가면 너무 젖지는 않을 거야. 나는 뛰지 않고 최대한 천천히 걷는다. 교문과 길과 커다란 나무들을 보고, 물웅덩이 위로 몸을 숙이고, 시시한 노래를 흥얼거린다. 하늘에서 내리는 물이 나를 기쁨으로 적신다. 어디에서 오는 기쁨이든 나는 온몸으로 만끽한다. 머리며 옷이며 생각이며, 마른 상태로 남아 있는 건 아무것도 없다. 중학교는 18세기의 옛 농가 건물로, 초록 풀이 금빛 석재를 감싸고 있다. 왼쪽 별관에는 기숙사, 오른쪽 별관에는 수녀 숙소, 중앙 건물에는 교실, 운동장 중앙에는 군인 초소처럼 보이는 작은 예배소가 있다. 건물 여주인은 예배소의 유리로 만들어진 종 아래에서 쉬고 있다. 만약 살아 있다면, 지금은 백두 살일 것이다. 성녀 아녜스 — 여학생들은 그녀를 거품 수녀라고 부른다. — 는 70년 전, 32세의 나이로 가봉에서 죽었다. 수녀가 가봉에서 무엇을 할 수 있었을까. 미스터리가 아닐 수 없다. 공식적인 기록에 따르면 그녀가 선행을 했다고 하는데, 이

설명은 미스터리만 더 짙게 할 뿐이다. 나는 좋은 일을 한다는 것이 무엇인지 알지 못한다. 사람들은 내게 귀가 먹먹해질 정도로 자주 **너를 위해 좋은 일**이라며 말했다. 그러나 수녀가 행한 '좋은 일'과 '나를 위해 좋은 일'은 분명 같은 뜻이 아니다. 단순히 나쁜 일을 하지 않는 것만으로도 이미 많은 일을 한 것이다. 동안의 원장 수녀가 나를 맞이한다. 나는 원장의 말에 따라 젊은 성녀에게 인사한다. 그녀는 마치 중병에 걸린 사람을 소개하듯 단어를 신중히 선택하여 낮은 목소리로 말하다가, 어느 순간 갑자기 목소리에 힘이 실리고 자부심이 가득 찬다. 내가 증명할 수 있는 건 시신이 전혀 썩지 않았다는 거야. 성스러움을 보여주는 명백한 계시인 거지. 아녜스 수녀는 죽은 지 8년 후에 발굴됐는데, 시신은 부패의 흔적이 전혀 없이 말짱했고, 심지어 입관 직전에 그린 초상화에서 알 수 있듯이 이전에는 없었던 미소가 입가에 머물러 있었단다. 원장 수녀의 말이 맞을지도 모른다. 이렇게 대단한 숭배 앞에서 내가 무슨 말을 할 수 있을까. 더구나 머리부터 발끝까지 흠뻑 젖고, 머리카락은 실처럼 뭉친 데다가, 비에 젖은 늙은 개의 냄새를 풍기는 내 처참한 몰골로는 누가됐건 그가 거룩한 존재임을 의심할 수 없다. 하지만 아버지가 일을 하면서 내게 가르쳐 준 것이 생각난다. 언젠가 묘지 안쪽에 아버지가 방문객과 함께 있는 모습을 보고 다가간 적이 있다. 방문객은 가족이 분묘 계약을 갱신하지 않아 공동 무연묘에 묻기 위해 관에서 꺼낸 30대 청년이었다. 턱수염에 안경을 낀 꽤 잘생긴 청년은 나뭇가지처럼 바싹 말랐지만 온전한 모습을 지니고 있었다. 아버지는 담배를 피우는 동안 청년을 십자가에 잘 기대어 세워놓았다. 아버지는 이렇게 잘 보존된 시신을 발견하는 건 꽤 흔한 일이고, 그건 어떤 흙에 묻혀 있느냐에 달린 거라고 말했다. 그런 시신들은 이따금 삽에 살짝 부딪치는 것만으로도 부서져 먼지가 되어버린다. 거품 수녀를 유리 아래 놔둔 것도 어쩌면 그런 까닭 때문일 것이다. 신성함은 연약하다.

이 중학교에 다니는 여학생들의 가족은 대부분 생활에 찌들어 있다. 그리고 수녀들은 이곳에서 회개를 한다. 소속 수녀원은 수녀들이 어두운 감정에서 벗어나도록 그들을 관리직으로 임명했다. 고아 소녀들과 함께 있으면서 그들의 문제는 자연스레 해결되고, 이 작은 세계는 조화롭게 잘 굴러간다.

기숙사 방마다 15명의 소녀들이 있는데, 14명이 내 침대 주위에 모여 새벽 2시까지 내 이야기를 듣는다. 주로 시체 이야기로, 대부분은 내가 지어낸 것이다. 우리는 새벽까지 계속되는 가출 이야기나 부활 이야기로 완전히 지쳐버려서, 오전 8시에서 10시까지는 선생님들 앞에서 더없이 얌전한 학생이 된다. 10시 이후, 프랑스어 선생님의 밝은 목소리가 우리를 깨운다. 라신, 라퐁텐, 파스칼, 몽테뉴, 그 외 여러 작가들이 사춘기 소녀들의 마음속으로 들어오려고 위대한 문학의 지하 납골당에서 빠져나온다.

몇 주, 몇 달, 몇 년이 지난다. 나는 우등생이다. 다만 과학과 수학은 약하다. 과학자와 숫자 전문가의 언어에는 흥미가 없다. 내가 좋아하는 건 천사 같은 부드러운 화법, 12음절 시구의 속삭임, 라틴어의 투박한 소리다. 이제 가출은 하지 않고, 대신 책을 펼친다. 이름을 지어내는 일도 더는 하지 않는다. 내가 거짓말을 한 건 딱 하나인데, 종교 수업을 듣지 않으려고 유대인이라고 얘기한 것이다. 그렇다고 새빨간 거짓말은 아니다. 유대인은 내 늑대의 이름이니까.

내가 집에 없는 동안 쌍둥이 동생들이 새로운 사고를 쳤다. 옷과 이름을 서로 바꾸고 상인들을 속인 것이다. 어머니는 어디에 가든 언제나 그렇듯이 웃음을 앞장세우고 가게로 들어선다. 어머니가 설명한다. 나는 애가 셋인데 애들이 모두 가만있는 법을 몰라요. 큰딸은 아주 멀리 떠났고, 쌍둥이들은 자기네 이름을 섞어버렸어요. 어쩌겠어요. 그게 내 운명인가 봐요. 난 떠도는 영혼들을 낳은 거예요. 어머니는 자기 혼자만 재미있어 한다는 걸 눈치채지 못하고 특유의 웃음을 터뜨린다. 아버지는 날이 갈수록 점점 침울해진다. 나는 그의 우울이 죽은 자들과는 아무 상관이 없다는 걸 알고 있다. 그는 전날처럼 상자와 밧줄과 천막 방수포를 손질한다. 그를 짜증 나게 하는 것은 살아 있는 사람들인데, 그중에서도 특히 너무 자주 집에 오는 사람이다. 상황은 단순하다. 어머니는 꽃집에서 일자리를 발견했고, 꽃집 주인은 어머니를 발견했다. 서커스단에서 어머니 주위를 얼쩡대는 사람들은 십여 명이었다. 지금은 한 명뿐이다. 나는 멀리서 바라본다. 석 달 내내. 내가 읽은 책들에는 이런 이야기가 아주 많다. 방금 읽은 폴 엘뤼아르의 시에 내 어머니의 모습이 언뜻 비친다. 더할 나위 없이 아름다운 시다. 지금 나는 열일곱 살인데, 언젠가 나를 위해 이런 시를 써 주는 남자가 있으면 좋겠다.

내가 사랑했던 건 진실이에요
내가 사랑하는 건 진실이에요
날마다 사랑이 나를 먼저 사로잡아요
후회는 없어요. 어제 일은 하나도 몰라요
나는 앞으로 나아가지 않을 거예요

열 살과 열일곱 살 사이에, 내 마음은 바람이 드나드는 통로가 된다. 사람들이 그곳으로 들어가고, 그곳에서 나온다. 나는 내 마음을 통과했던 사람들의 리스트를 수첩에 적는다.

엘리자베스 그랑빌. 주말에 집으로 가지 않는 아이는 몇 안 되는데, 엘리자베스도 그중 한 명이다. 우리는 대모가 같다. 엘리자베스 그랑빌은 작은 기적이어서, 나쁜 점수를 많이 받을수록 선생님들은 더 많이 웃어준다. 건강하기만 하면 좋아해 주는 그런 아이다. 그녀는 교실에서 길을 잃은 한 마리 제비처럼 의자에 앉아 날개를 접고 활짝 열린 창으로 봄이 오는지 살핀다. 나는 그녀의 작문을 해주고 시험을 도와준다. 그 대가로 그녀는 기숙사, 급식실, 교실 등 어디에서나 내 곁에 머문다. 곁에 있는 것만으로도 살짝 취한 느낌이 들고 마음이 편안해진다. 그녀의 흰 피부와 초록 눈, 길고 검은 머리카락, 사태 해결에 도움이 안 될지라도 언제나 진실만 말하는 방식이 좋다. 사랑에 관한 이야기들은 유리방 속의 아녜스 성녀만큼이나 갇혀 있는 사춘기인 우리들을 사로잡는다. 우리는 소년들에 대해 쉴 새 없이 떠든다. 엘리자베스 그랑빌은 '난 엄마가 될 수도 있었을 거야'라고 말할 정도로 그들을 가까이에서, 아주 근접해서 보았던 유일한 아이다. 그녀의 비밀은 우리에게 깊은 인상을 심어준다. 그래서 우리는 성녀뿐만 아니라 마녀도 있는 중학교 시절을 보낸다.

아드리엔 수녀. 그녀의 이야기는 인생이 그러하듯 장밋빛과 검은색으로 점철되어 있다. 우리는 그 이야기를 속닥이고, 때로 글로 옮긴다. 오랫동안 기다리고 고대했던 연인은 그녀에게 고백을 하려던 날, 자동차 사고로 목이 날아갔다. 아드리엔 수녀는 일주일 동안 새벽마다 사고 현장에 갔고, 풍경 구석구석을 꼼꼼히 살폈다. 그리고 일주일 후, 도랑 속에서 약혼반지를 발견했다. 초록색 보석 상자 안에 들어 있는 백금 반지였다. 그날 저녁, 그녀는 시골 성당에 들어가 성모 마리아상의 손가락에 반지를 끼웠다. 그리고 그로부터 한 달 후, 그녀는 수녀원 문을 두드렸다. 나는 이 이야기를 무척 좋아한다. 아드리엔 수녀는 내가 늑대의 눈에서 발견했던 것들과 닮았다. 그녀는 아주 온화한 사람으로, 다른 사람보다 말소리가 높아진 적이 한 번도 없다. 밤중에 우리 기숙사실에 갑자기 나타나 한창 떠들고 있는 우리를 깜짝 놀라게 할 때도 있는데, 그녀는 어떤 질책도 하지 않고, 다만 미소를 지은 채 우리를 바라보며 사탕이나 파테 한

조각, 사과주 한 잔(소녀들이 월요일마다 집에서 가져오는 음식들인데, 우리는 종종 이 음식들로 소풍 준비를 한다)을 허락해 준다. 그리고 올 때처럼 슬그머니 다시 떠난다. 그녀는 걷는 것이 아니라 마치 회색 면 원피스 아래 감춰진 작은 날개 두 개를 팔락이며 바닥에서 몇 밀리미터 살짝 떠서 미끄러지는 것 같다. 그래서 우리는 그녀가 오는 소리를 결코 듣지 못한다.

마리즈 농샬롱. 그녀는 우리의 대모로 엘리자베스와 나를 금요일 저녁부터 월요일 아침까지 먹여주고 재워준다. 아직 젊고, 우리 소녀들 눈에는 마흔 살 정도로밖에 안 보인다. 생트아녜스 학교의 초기 기숙생이었고, 결혼 후 이혼하고 나서 노래 수업을 하며 살고 있다. 식사 시간을 지키고 집에 들어오자마자 반드시 손을 씻어야 한다는 완강한 규칙 외에는 우리를 완전히 자유롭게 내버려 둔다. 하루에도 몇 번이고 샤워를 하는 모습에 우리는 웃음을 터뜨린다. 농샬롱 아줌마, 그렇게 씻어대면 비누처럼 녹아버리겠어요. 이번에는 그녀가 웃는다. 미친 듯이 웃을 줄 아는 사람은 매우 드물다. 위생에 대한 강박을 빼면, 농샬롱 아줌마는 전혀 예측할 수 없는 인물이다. 그녀가 자신의 이혼 이야기를 담담하게 들려준다. 결혼 생활은 3년간 이어졌어. 남편 목소리에 엉뚱한 음들이 나타나던 날까지였지. 중요한 건 거짓말이 아니었어. 그것보다 더 최악인 게 있었는데, 내게 하는 말이 냉랭해지기 시작한 거야. 모든 건 아주 사소한 일에서 시작됐어. 어느 날 친구 집에 저녁을 먹으러 가기로 해서 준비하는데, 내가 옷 입는 시간이 너무 오래 걸렸어. 남편이 짜증을 내더라고. 나는 우리 사이가 끝났다는 걸 바로 깨달았지. 그러고는 인생은 짧은데 이렇게 형편없는 가수와 남은 생을 함께할 이유가 없다고 생각했어. 그를 비난할 만한 건 별로 없어. 그냥 목소리에 다정함이 사라지고 무성의한 익숙함만 남았던 거지. 말하자면 사소한 거였어. 하지만 사랑은 다른 어디에도 아닌 사소한 것들에 깃들어 있거든. 얘들아, 너희는 어리고 귀여워. 조금 더 지나면 학문의 숲을 떠나 삶의 터전으로 들어가게 돼. 그곳에서 춤추기도 하고 울기도 할 거란다. 모든 걸 잃고, 모든 걸 얻기도 하겠지. 가끔은 그런 일이 동시에 일어나기도 해. 우리는 살면서 모든 걸 줄 수 있어. 준다는 건 모든 걸 잃는 가장 매력적인 방법이란다. 단, 한 가지만은 잃어서는 안 돼. 이건 할머니가 임종 몇 시간 전에 나한테 해준 말이야. 할머니는 시골 분이셨는데, 그 동네에서 유일한 공산주의자였고 평생 새카만 재들에 뒤덮여 살았어. 그야말로 온갖 불행이 비처럼 쏟아져 내렸지. 자식 하나는 장애가 있었고, 또 다른 자식은 포로수용소에서 죽었어. 그리고 평생 이런저런 질병에 시달렸단다. 내가 열두 살이나 열세 살쯤 됐을 때 할머니에게 질문을 던진 적이 있어. 할머니, 인생에서 가장 중요한 게 뭐예요? 난 그때 할머니가 해주신 답을 잊을 수가 없어. 아가야, 가장 중요한 건 즐거움이야. 누구도 너한테서 즐거움을 빼앗아 가지 못하게 해라. 할머니는 '즐거움'이라고 말했어. 나는 그게 종교인들이 말하는 '기쁨'이라고 생각했는데, 할머니는 그런 사람들과 어울린 적이 없어. 그 후, 난 그 말을 마음에 새기고 살았지. 사실 내 남편은 우리가 헤어진 진짜 이유를 전혀 알지 못했어. 하지만 아주 단순한 이유였단다. 결혼할 때 내 마음에는 즐거움이 있었어. 그런데 즐거움이 떠나버린 거야. 그래서 이혼한 거지.

바스티엔 오르맹. 엘리자베스의 사촌 자매다. 우리는 그녀를 위해 한밤중에 파티를 연다. 그 시간은 그녀가 무언가를 깨작거리며 먹는, 몇 안 되는 순간이다. 거식증인 바스티엔은 천사의 빵을 먹고 산다. 다시 말하면, 공기 말고는 아무것도 먹지 않는다. 그녀의 부모는 농부다. 그들 집에서는 서로 얘기를 나누지 않고, 그저 먹는다. 말을 안 한다는 건, 말을 삼키는 것이다. 그녀의 엄마는 아침마다 부엌에서 닭을 자르고, 토끼 뼈를 바르고, 포도주 소스를 휘젓고, 대파 파이와 쌀케이크를 굽는다. 한 번은 그 집에 초대받아 갔다가 배탈이 나서 나왔다. 우리 어머니는 그렇게 많은 음식을 차린 적이 없고, 난 그것에 익숙하다. 식탁에서 서너 시간을 보내는 그 집의 식사는 거의 살인 행위나 마찬가지다. 바스티엔의 엄마는 견딜 수 없이 세심한 배려와 해롭기 그지없는 선의의 말로 살인자 역할을 완벽하게 수행한다. 많이들 먹어라. 마음껏 먹어. 너희 나이 때는 항상 배고프잖니. 그러니 더 먹도록 해.

네 명의 이름은 리스트 제일 첫 부분에 적혀 있다. 다른 이름들도 있다. 부모님은 이들 중 아무도 알지 못한다. 그건 내가 반복해서 집을 떠났던 탓이다. 나는 가족이 샘의 원천인 동시에 고여 있는 물임을 깨닫는다. 어느 정도 시간이 지나면, 아이는 가족을 떠날 수밖에 없다. 자기를 너무 잘 알지만, 더는 알지 못하는 가족에게 자신을 이해시키는 일은 불가능하기 때문이다. 부모님은 열일곱 살의 내 마음에 대해 무엇을 알고 있을까? 거의 없다. 가족만큼이나 나를 환하게 해주는, 밖에서 만난 이 얼굴들에 대해 부모님에게 말하면 좋겠지만, 그건 불가능한 일이다.

아버지는 내게 어서 직업을 선택하라고 채근하고, 어머니는 그런 아버지에게 아직 시간이 있다고 대꾸한다. 그리고 들에서 꺾은 가지를 접목이라도 한 듯 모든 식사에 함께하는 꽃집 주인은 어머니 말에 동의한다. 나는 그들의 말을 듣지 않고 그저 보기만 한다. 아버지, 어머니, 꽃집 남자. 화가 난 아버지, 춤추는 어머니, 희망을 품고 있는 꽃집 주인. 나는 보면서 듣는 일을 동시에 할 수 없다. 단어들이 말하는 것은 한 가지인데, 그곳에 있는 사람들은 다른 것을 말한다. 그렇다, 이제는 정말 떠나야 할 시간이다. 불타오르고 꽃이 피는 드넓은 세상으로 가야 할 시간이다.

리스트에 로망을 쓰는 걸 잊어버렸다. 로망 케르보크. 진짜로 잊은 건 아니다. 그는 내가 처음으로 함께 잔 청년이다. 마리즈 농샬롱 아주머니가 사흘 동안 집을 비웠을 때 우리는 그녀의 캐노피 침대에서 사랑을 나누었다. 아주머니의 조카인 로망은 스물두 살의 법학도다. 그에 대해 조롱하거나, 애틋함을 가지거나, 못되게 말할 만한 건 전혀 없다. 로망은 침대에서 열심인 착한 남자다. 엘리자베스는 내가 운이 좋으며, 첫 경험은 언제나 서툴러서 고통스럽고, 그 때문에 나쁜 기억을 남긴다고 말한다. 맞다, 난 운이 좋다. 로망은 상스럽게 행동하지 않으니까. 그런데 이 막연한 육체의 흥분이 왜 그렇게 많은 사람의 마음을 사로잡는지 이해할 수 없다. 육체의 사랑은 아주 작은 비밀이라고 할 수 있지만, 그렇다고 신비로운 일은 아니다.

그럼에도 불구하고 나는 발전한다. 어떤 일을 할 때 왜 하는지 몰라도 할 수 있다는 걸 이제는 안다. 로망은 내 인생에서 거의 아무런 의미도 없지만, 나는 불타오르고 꽃이 피는 드넓은 세상에 그와 함께 가기로 선택한다. 6월 말에 그가 나를 본가에 데리고 간다. 여름휴가를 그곳에서 보내다가 8월 초에 파리로 갈 예정이다. 아, 파리로 간다.

여기, 갓난아기처럼 길을 잃은 청년이 있다. 신중하고 현명했던 22년의 세월이 나의 분홍빛 맨살 앞에서 녹아내린다. 공증인 아버지, 채무 변제 능력이 없는 고객들을 변호하는 전문 변호사이자 넓은 마음을 지닌 어머니, 올바른 식탁 예절을 익히고 자신에 대해 결코 허투루 말하지 않도록 잘 훈련받은 어린 시절, 아빠와 할아버지처럼 공증인이 되기 위해 해왔던 공부들, 나를 만나며 산산이 깨져버린 순종과 이성의 22년, 먼지 쌓인 법학 전공 서적들, 고슴도치처럼 까끌까끌한 수염이 자라도록 내버려 둔 뺨, 불쌍한 케르보크 부모. 자, 그러니 자녀들을 위해 자신을 희생하는 건 전부 쓸데없는 짓이다.

마리즈 농샬롱은 날로 발전하는 혼돈을 기쁘게 지켜본다. 조카가 문턱을 넘자마자 손을 씻기만 한다면, 그가 판타지를 입증하든 내게 초록색 실크 스카프와 수많은 초콜릿 — 나는 실크, 초록색, 다크 초콜릿을 좋아한다. — 을 선물하느라 파산하든 상관하지 않는다. 아주머니는 로망이 적어도 제 나이대로 살기 시작했다고 내게 말한다. 케르보크 부부를 잘 아는데, 그 집에서 자라는 건 박물관에서 어린 시절을 보내는 것만큼이나 이상한 일이야.

물고기들이 서재의 한쪽 벽면을 전부 차지하고 있다. 우리가 도착했을 때 로망의 아버지가 제일 먼저 내게 보여준 것이다. 물과 유리벽으로 이루어진 거대한 수족관에는 화려한 색깔의 물고기들이 유영한다. 그중에는 손톱만 한 크기의 물고기도 있다. 손님들은 이걸 보면서 편안한 마음을 느껴요. 망치 모양의 머리를 한 파란색과 초록색의 작은 물고기 보이죠? 그게 이 수족관의 첫 거주자예요. 그 후 10년 동안 다른 물고기들을 데려왔어요. 멕시코, 인도 등 온갖 곳에 휴가를 갔다가 찾았지요. 물고기 한 마리 한 마리는 중요한 계약서에 서명하는 것만큼 귀중해요.

모든 집은 각기 나름의 냄새를 가지고 있다. 서커스단에서는 축축한 톱밥과 짐승들의 털 냄새가 났다. 케르보크 집에서는 밀랍과 마른 회양목 냄새가 난다. 그들이 팔을 활짝 펴고 나를 맞아준다. 적어도 나는 그렇다고 생각한다. 며칠이 지난 후, 이 집 사람들은 다른 이를 맞아들이는 게 아니라 관찰한다는 것을 깨닫는다. 케르보크 부부는 그들의 가문에 자부심을 가지고 있다. 계보는 16세기까지 거슬러 올라간다. 로망의 줄기, 가지, 잎, 작은 열매를 만들기 위해 몇백 년의 세월이 필요했다. 나는 미심쩍은 참새처럼 그림 속에 들어와 있다. 그들은 내가 먹고, 말하고, 침묵하고, 웃고, 옷 입는 법을 면밀히 살핀다. 실망한 눈빛이 로망에게, 그의 막 자라나는 수염에, 구겨진 옷에, 계속해서 내 허리를 잡고 있는 그의 버릇에 쏟아진다. 나는 아버지의 웃는 얼굴에서 속마음을 읽는다. 다 지나갈 거야. 미래의 공증인이 천한 사람과 어울리는 걸로 시작하는 것도 그리 나쁘진 않지. 어머니는 성녀다. 또 한 명의 성녀이나 살아 있는 동안 자신의 유리방을 만들었다. 이곳의 모든 이가 그녀의 겸손함을 치켜세운다. 가장 빈곤한 사람들을 돕기 위해 그녀 스스로 거절했던 빛나는 경력을. 틀림없이 보장되어 있었던 경력, 케르보크 사람들에게 성공은 마땅히 받아야 하는 것이었으니까. 그녀는 비싼 대가를 치르고 획득한 완벽함의 꼭대기에서 나를 바라본다. 그리고 나는 그녀의 눈에 담긴 속뜻을 똑똑히 읽어낸다. 어린 창녀가 남자를 낚아챘군. 그래도 여름을 넘기지는 못할 거야. 폭풍우가 지나가게 내버려두자.

폭풍우는 지나가지 않고, 로망은 점점 더 내게 몰두한다. 마치 중력의 법칙 같은 불변의 법칙이 있는 것인지, 내가 차가워질수록 그는 점점 더 불타오른다. 나를 이끄는 것은 호기심이고, 호기심이 나를 이곳에 머물게 한다. 그렇다면 내가 이런 일을 부추기는 것일까? 로망이 내게 한 수많은 맹세들, 그리고 잠에서 깰 때 커피와 오렌지주스와 함께 건네주는, 밤마다 쓴 20쪽 분량의 편지들은 나를 위한 것인가? 솔직히 말하면, 편지들은 좀 지루해서 다섯 페이지쯤

읽다가 포기해 버린다. 그러나 로망은 지치지도 않고 자신이 쓴 편지들을 읽고 또 읽는다. 심지어 너무 아름답다고 생각하여 책으로 만들겠다고 결심한다.

   7월 하순의 어느 저녁, 우리는 집 앞의 보리수 아래서 어머니 아버지와 함께 식사를 한다. 디저트를 먹을 때, 로망은 부모에게 자신의 결심을 알린다. 진로를 바꿔서 문학에 전념하겠다. 우리 가문에는 공증인 말고 다른 직업도 있어야 한다. 나는 자두타르트 위로 눈을 내리깐다. 부모는 입을 다문다. 내게 쏟아지는 납덩이처럼 무거운 그들의 시선이 느껴진다. 아버지는 의연하게 식탁에서 조용히 일어나 아들의 어깨를 잡고 나를 돌아본다. 로망에게 딱 두 마디만 하려고 하는데 괜찮지요? 그들은 물고기들이 있는 서재로 들어간다. 나는 접시만 물끄러미 바라보며 타르트 위의 자두를 하나하나 센다. 어머니는 목을 쿵쿵대며 마른기침을 하고, 물병을 잡고 일어나서 부엌으로 들어간다. 등불 빛에 이끌린 벌레들 아래 나 홀로 남는다. 서재는 멀지 않다. 귀를 바짝 세운다. 먼저 아버지의 낮은 목소리, 좀 더 떨리는 아들의 목소리, 별안간 높아지는 소리, 그리고 지금은 연못가에 부는 잔잔한 바람 같은 소리. 로망, 착한 로망, 온화한 로망은 반박할 말이 떠오르지 않는다. 그래서 크리스털 재떨이를 움켜쥐고 수족관으로 힘껏 던진다. 유리가 깨지고, 물이 방으로 쏟아지고, 물고기는 카펫 위에서 파닥거리고, 파란색과 초록색의 작은 물고기는 상속 서류 위에서 죽어간다.

로망, 그의 부모, 나, 우리 네 사람은 발목까지 물에 잠긴 채 아무 말 없이 서로를 바라본다.

나는 웃음을 터뜨리고, 로망을 와락 껴안고 오래오래 키스한다. 이번에는 호기심이 사랑에 한발 양보한다. 수 세기를 이어온 진지함과 세련된 취향에 대홍수를 일으킨 사람과 어떻게 사랑에 빠지지 않을 수 있겠는가?

딸아, 결혼은 너에게 너무 일러. 네 아버지와 나는 정말 승낙하고 싶지만, 조심해라. 감방은 매력적이고 편안하다고 해도 여전히 감방일 뿐이야. 들어가기는 쉽지만 거기서 나오려면 크나큰 대가를 치러야 해. 로망이 네 교도관이 될 거라는 말이 아니야. 그는 매력적인 청년이지. 나는 더 안 좋은 경우를 말하는 거란다. 그건 너희 둘 다 감방에 갇히게 될 거라는 거야. 교도관도 없고 문도 없고 창살도 없고 자물쇠도 없지만, 감방은 그래도 감방이지. 네 아버지를 설득해서 서류에 서명하게 했어. 부모동의서는 우편으로 보낼게. 나는 언제나 네 아버지를 설득하곤 했지. 그건 어려운 일이 아니야. 네 아버진 다른 보통 남자들과 같아서 권위와 화를 혼동한단다. 내가 네 결혼 소식을 알리자 아버지는 처음에는 소리를 질러댔는데, 한 시간 후에는 그날 입을 옷에 대해 생각하더구나. 서류를 넣은 봉투에 얼마 안 되는 돈이지만 같이 넣었어. 결혼을 하려면 모든 면에서 돈이 많이 들거든. 네가 성당에서 결혼식을 하지 않는다고 해도 마찬가지야. 그리고 나라면 왜 너와는 반대로 하고 싶었을지 생각해 봤어. 가능한 일은 아니지만, 그래도 난 천사들 앞에서만 네 아버지와 결혼하고 싶었을 거야. 천사들은 시청 공무원보다 훨씬 더 좋은 증인이 되어주었을 테니까 말이지. 나도 내가 무슨 말을 하는지 모르겠다. 아무튼, 인생에는 의무적인 것들이 있어. 혹은 의무적이라고 생각되는 것들이 있지. 결국 똑같은 것들이긴 하지만. 어쨌든 네게 시청에서 하는 결혼에 대해 알려주는 거야. 열일곱 살은 아직 어린 나이란다. 그래도 네가 내 말을 듣지 않아서 기쁘다. 나는 그게 좋아. 아주 좋은 신호야. 우리가 너를 잘 키웠고, 오로지 자기 마음에만 귀 기울이는 법을 가르쳤다는 얘기니까. 내가 틀리면 좋겠지만, 나는 내가 틀리지 않았다는 걸 알아. 하여간 자식에게 좋은 길은 결코 부모를 위한 길이 아니지. 절대로 아니야. 내 충고는 여기서 그만해야겠다. 쓸데없는 말이니까. 결혼식 날에는 깜짝 놀랄 일이 있을 거야. 두고 보렴. 이제 전화 끊어야겠다. 네 아버지가 하루 종일 전화기만 붙들고 사느냐고 할 거야. 어처구니없게도 꽃집 아저씨도 내게 똑같은 비난을 해. 더 다정하고, 더 가벼운 말투긴 해도 말이지. 사랑한다, 딸아. 쌍둥이들도 네게 사랑한다고 전해달래. 여기 있는 모든 사람이 네게 사랑을 전한다. 그럼, 토요일 날 결혼식에서 보자.

　대화는 두 시간 동안 계속됐다. 사실 이것을 대화라고 할 수 있을지 모르겠다. 나는 아무 말도 하지 않았고, 어머니 혼자만 말했으니까. 언제나처럼 노래하듯 말하거나 웃음을 터뜨리면서. 어머니의 목소리는 나를 안심시킨다. 어머니가 그곳, 시골의 밤 어딘가에 살아 있고 파리의 밤에 정착한 내게 말한다는 것, 바스티유 근처의 스튜디오에 전화를 놓은 지 한 시간 후에 마법의 목소리가 울린다는 것, 그것만으로도 상당히 기쁘다. 그건 죽음에 맞서는 좋은 약이다.

죽음, 가난, 광기. 파리의 남쪽 관문인 포르트 도를레앙을 지나 파리에 입성하자마자 그것들을 보았다. 대도시를 감시하는 세 괴물. 죽음, 가난, 광기. 그 후 나는 이 광경을 잊어버렸고, 파리지엔느가 되었다. 바쁘고, 걱정 많고, 유쾌하고, 낭비하고, 지친 파리의 여자. 고통과 돈의 벌집 한복판에서 살아가는 여자. 우리는 언제든 적응할 수 있고, 여기서 부족한 것은 저기서 다시 찾는다. 어느 날, 나는 일전에 중학교 시절의 우정에 대해 썼던 것처럼 수첩에 생각을 정리하며, 파리에서 내가 가장 좋아했던 뤽상부르 공원, 로댕 미술관의 나무들, 작은 광장들 같은 장소들에 대해 적었다. 이 글들이 만들어 낸 전체적인 모습을 보고 나니 저절로 미소가 지어졌다. 내가 파리에서 좋아한 것은 시골 풍경이다. 특히 좋아하는 곳은 페르라셰즈 묘지로, 나는 그곳에서 어린 시절의 빛나는 감동과 서커스단에서 흘러나와 묘지들 한복판까지 이어지는 쾌활한 분위기를 다시 발견한다. 십자가들 사이사이로 삐죽 나온 경이로운 잎사귀, 자갈길 위로 튀어 오르는 햇빛, 그리고 어머니의 오페라. 우리 집 정원은 묘지 옆에 있었다. 여름이면 어머니는 그곳에 빨래를 널었는데, 초록 잔디 위에 깨끗한 흰색 시트들을 펼쳐놓으며 이탈리아 가곡들을 부르곤 했다. 죽은 자들은 일등석에 있었다. 그들은 어머니의 공연을 만끽했을 것이다. 나의 어머니, 그녀는 영원하다. 잘 알고 있다. 언젠가 죽음이 그녀의 몸으로 들어가면, 영혼은 공기를 마음껏 들이마시러 몸에서 빠져나와 다른 시골에서 다른 방식으로 돌아다니리란 것을. 그러나 구태여 기다리지 않는 그날을 기다리는 동안, 귀 기울여 듣지 않아도 들리는 목소리에 황홀한 기쁨을 느낀다. 말들은 그리 중요하지 않다. 살면서 우리가 서로에게 할 말이 무엇이 있을까? 당신과 같은 땅에서 살아가는 잠시의 시간 동안 하게 되는, 안녕, 잘 자, 사랑해, 나 아직 여기 있어, 같은 말 외에. 어머니가 결혼에 대한 아이디어를 알려주든 커런트소스의 토끼 요리법을 설명해 주든, 다 마찬가지다. 말들은 변하고, 목소리는 남는다. 본연의 업무를 수행하는 목소리, 인사하고 반복하고 내가 여기 있으며 따라서 너도 여기에 나처럼 살아 있다고 주장하는 목소리. 왜 더 지어내야 하는가, 주고받기에는 이것만으로도 충분한데.

홍수 사건 후, 결혼을 하게 되었다. 수족관의 물은 모두 청소했고, 물고기들은 쓰레기통으로 들어갔다. 로망의 아버지는 손실액을 계산했는데 수백만 유로에 달했다. 그는 우리에게 상황은 간단하다고 말한다. 로망이 공부를 계속하면 그 일에 대해 더는 아무 말도 하지 않겠지만, 계속 예술가 놀이를 하겠다고 고집한다면 돈을 물어내야 할 거라고. 로망은 창백해진 얼굴로 부모에게 다가가 키스를 하고 내 허리를 잡는다. 그리고 우리는 밖으로 나간다. 문지방에서 그는 뒤로 돌아 어머니에게 말한다. 나는 공부를 그만둘 거예요. 우리는 9월에 결혼합니다. 그가 결혼에 대해 말하는 걸 듣는 건 처음이다. 나는 아무 말도 하지 않는다. 할 말이 아무것도 없다. 결혼 고백, 그는 그것을 내가 아닌 자기 어머니에게 했다. 왜 안 되겠는가? 나는 나의 나침반, 내 본능, 내 멋진 방식을 되찾는다. 그때가 되면 생각하자. 그리고 우리는 자동차에 올라타고, 대문을 지나 마을을 가로질러 고속도로로 향한다. 차 안에는 침묵이, 그리고 너무 빠른 대답에 뭉개져 버린 질문이 있다. 로망, 나중에 나 원망하지 않을 거야? 당연히 아니지. 내가 왜 널 원망해? 또다시 침묵. 로망이 옳다. 그가 뭣 때문에 날 원망하겠는가? 차가 달리고, 하늘은 드넓고, 조금 춥다. 무더운 날 춥다니 웃긴 일이다.

교회가 아닌 시청에서 결혼하는 건, 매장하지 않고 화장하는 것처럼 어지간히 어색한 기분을 들게 하는 은밀한 의식이다. 겉모습도, 현실감도 부족하다. 아쉬운 일이다. 그렇게 하자고 한 건 로망이다. 오르간도, 높은 제단도, 웨딩드레스도 없는 결혼식. 어머니의 천재적인 아이디어가 없었다면 그렇게 평가되었을 것이다. 어머니는 서커스단 사람들에게 알렸고, 그들 모두 결혼식장에 의복을 차려입고 왔다. 어릿광대는 어릿광대로, 곡예사는 곡예사로, 조련사는 조련사로. 심지어 어릿광대 어깨 위에는 작은 원숭이도 있었다. 꽃집 주인은 자기 가게에서 흰 꽃, 고광나무꽃, 백합, 장미, 튤립, 라일락 등 온갖 꽃을 탈탈 털어왔다.

천사가 없어서 어릿광대를 증인으로 삼았다. 서명하는 데 3초가 걸렸고, 모든 절차가 끝났다. 이제 내 이름은 마담 케르보크다. 재미있는 이름이다. 나는 그 이름이 내게 썩 잘 어울린다고 생각한다. 내가 가출할 때 지어냈던 이름들과 닮았다.

3일째 호텔에서 나가지 않고 있다. 지독한 감기다. 아니, 아주 좋은 감기다. 약간의 열, 많은 꿈. 호텔 주인은 내 방으로 아침을 가져다준다. 크루아상, 커피, 꿀 — 이 꿀을 만든 벌들은 이곳에서 2킬로미터 떨어진 벌집에서 잠을 잔다.

글을 쓰지 않고, 음악도 더는 듣지 않는다. 뚱보, 나는 그를 언제나 사랑하지만, 가끔은 이런 충실한 성격에서 벗어나 휴식을 취할 필요가 있다. 다른 곳으로 가거나 옆에 있는 나무 위로 날갯짓을 하는 것이다. 그즈음 나는 다른 사람에 빠져 뚱보를 배신한다. 다른 네 명이라고도 할 수 있다. 비틀스를 듣고 싶어진 것이다. 외출은 더 이상 하지 않지만, 호텔 주인에게 카세트테이프를 사다 달라고 차마 부탁하지도 못한다.

독감을 친구처럼 돌보며 지낸다. 밤에는 수분을 잔뜩 머금은 전나무들이 보이는 창문을 연다. 어릴 때 나는 이런 질병을 좋아했다. 이런 병에 걸리면 나에게 관심이 쏟아졌고 예상치 못한 장난감들도 받았다. 열이 오르면 아름다운 것들이 찾아왔다. 불타는 몸에서 몇 센티미터 위를 떠돌아다니는 영혼, 사지에 퍼지는 최상의 무력감, 지루하지 않았던 지루함. 세상은 침대에서 창문으로 보이는 사각형 하늘만큼 단순했다. 독감, 수두, 홍역은 놀이터의 세 요정이다. 다른 아이들은 교실로 돌아가도, 친절한 의사한테서 외출권을 받은 아이는 놀 권리가 있다. 적어도 사흘 동안은 세상과 그 속의 삶에서 떠나 있을 수 있다.

로망에 대해 생각한다. 그러나 자신이 아닌 다른 사람을 생각하는 건 불가능한 일인지도 모른다. 어쩌면 독감의 영향으로 그를 생각하는 걸 수도 있다. 로망에 대한 생각 속에 실제로 있는 건 오로지 나뿐이다. 수많은 시간이 지난 지금, 이 남자의 눈에 나는 어떤 사람이 되어 있을지 궁금해진다. 아마도 그의 눈 속의 나는 내 눈 속의 그처럼 유령에 불과할 것이다. 내가 그에 대해 무엇을 알고 있을까. 우리는 사랑 속에 있을 때만 서로를 안다. 그러나 나는 로망을 별로 사랑하지 않았다. 불쌍한 로망에게는 아무런 잘못이 없다. 내 잘못이라고 할 수도 없다. 사랑의 입자는 우리가 숨 쉬는 공기의 입자들과 뒤섞여 사방을 떠돌아다닌다. 때때로 입자들은 응결하고, 우리 머리 위에 비가 되어 내린다. 때로는 그렇지 않다. 그것은 봄날에 쏟아지는 소나기만큼이나 우리의 의지와 상관없는 일이다. 우리가 할 수 있는 건 되도록 자주 피해 있는 것뿐이다. 결혼 생활의 문제는 우산이 필요하다는 것일지도 모른다.

어제저녁, 실내복을 입고 호텔 로비로 내려갔다. 늦은 시각이었고, 그곳엔 텔레비전 앞에서 졸고 있는 바텐더뿐이었다. 텔레비전에서는 다른 프로그램처럼 별 볼 일 없는 책에 관한 쇼가 흘러나왔다. 코를 고는 바텐더의 턱과 배 사이에 큰 아기를 위한 턱받이처럼 스포츠 신문이 펼쳐져 있었다. 안락의자에 앉아 관광객들에게 제공하는 쥐라 지역 홍보 책자를 훑어보았다. 전설, 역사, 경제. 나는 이런 슬픈 독서가 좋다. 다양한 분야의 안내 책자, 약 포장 상자 안에 들어 있는 설명서, 통조림 라벨, 전자 제품 설명서. 천천히 읽어 내려가지만 문장 끝에 도달하기도 전에 앞서 읽은 것을 잊어버린다. 나는 학교에서 지리 수업이나 자연 과학 수업을 들을 때, 혹은 잔소리를 시작하는 아버지 앞에서 같은 반응을 보이곤 했다. 누군가 나를 가르치려 할 때마다 얌전한 복종과 깊은 혼미 상태에 빠져들어, 겉으로는 순종하는 모습을 보였으나 속으로는 무아지경이 되었다. 새벽 1시쯤이었다. 나무 장난감 제작 매뉴얼을 읽고 있는데, 문득 텔레비전에 눈길이 갔다. 소수의 사람들이 에이즈에 대해 얘기하고 있었다. 몇 명은 의사, 다른 몇 명은 환자였다. 감상적인 말도, 파는 물건도 없었다. 차분한 말 한마디에 밝아지는 얼굴들. 그들 모두가 무한한 시간을 가지고 있는 것처럼 보였다. 각 사람은 말을 중단하거나 쓸데없는 질문을 하거나 대답을 하여 상대를 지치게 하지 않고 다른 사람의 말을 경청

했다. 마치 가까이 다가온 죽음이 마침내 모두 함께 살 수 있게 만든 것 같았다. 이들 얼굴에 비친 아름다움은 시원한 물처럼 내 마음을 풀어주었다. 나는 방으로 올라가서 곧바로 잠이 들었다.

부부의 생활은 피곤하다. 보름 만에 깨달은 사실이다. 15일은 상황을 보는 데 충분할 뿐 아니라 심지어 너무 길다. 배우는 건 무엇이든 피곤하다. 처음 며칠 밤은 로망이 내 옆에 있어서 잠들기가 힘들었다. 여름에 그의 부모님 집에 머무르는 동안 우리는 방을 각자 썼다. 사랑을 할 때는 서둘러 했는데, 그 사랑에서는 훔친 과일 맛이 났다. 잠은 여전히 각자의 집에 머무는 사적인 일이었다. 잠은 어린 시절과 같아서 늑대 말고는 그 누구와도 함께할 수 없다. 부부 침대에서 좋은 위치를 찾는 데 보름이 걸린다. 나는 로망의 배에 기대고 머리를 벽으로 향한 채, 멍한 상태로 가벼운 잠이 든다. 로망은 늦은 밤까지 자기가 쓴 글을 검토하고 난 후에야 침대로 온다. 덕분에 훨씬 수월하게 잠들 수 있다. 그가 쓰는 건 언제나 러브레터다. 더는 손으로 글을 쓰지 않고 타자기로 친다. 잠들 때 키보드 소리는 방해꾼이 아니다. 그러기는커녕 양철지붕에 타닥타닥 떨어지는 빗소리나 평화로운 노랫소리처럼 들린다. 로망의 책은 제목이 여러 번 바뀌었다. 그는 '수취 요금'이라고 했다가, 그다음에는 '반송 편지'

라고 제목을 붙였다. 지금은 '파탄'이다. 내가 말해준 제목이었다. 연애편지 모음집에 '파탄'이란 제목은 꽤 잘 어울린다.

향수 가게에서 판매원 자리를 구했다. 장 보는 비용, 집세, 타자기 리본 구매에 충분한 돈이다. 내가 예전부터 상상하던 결혼한 여자의 일상과 얼추 맞는다. 여보, 당신을 위해 모두 해줄게. 집에서 글 쓰는 걱정만 해. 내가 먹여 살릴게. 예술가의 조력자 노릇은 꽤나 그럴듯해 보이고, 이런 이미지의 내가 퍽 마음에 든다.

비어 있던 집을 보러 들어서자마자 애인을 만들었다. 향수 가게 손님들이 갖는 것과 같은 애인은 아니다. 향수 판매는 어릴 적 역할 놀이를 하는 것만큼이나 재미있다. 말하자면 당신은 손님, 나는 판매원이라는 역할. 결혼 역시 당신은 남편, 나는 아내라고 하는 역할 놀이와 비슷하다. 가게에 다니며 동네의 불륜 이야기들을 알게 되었다. 나는 향수만 파는 것이 아니라 가게 뒤쪽의 작은 방에서 여자 손님들에게 제모를 해준다. 그동안 손님들이 서로 하는 이야기를 듣는다. 나는 애인을 만들었다. 그러나 이 여자들처럼 두 번째 남편도, 시간제 남편도 아니다. 내 애인은 나의 창문 밑에서 언제나 풀타임으로 있다. 로망은 질투하지 않는다. 그는 잘못 생각한 것이다. 아침저녁으로 내 생각은 내 애인을 향해 날아가고, 눈은 그로 인해 빛나고, 마음은 그를 칭송한다. 그는 단풍나무다. 바스티유 동네 한복판, 건물 안뜰에 서 있는 단풍나무. 내가 이 스튜디오를 선택한 건 그가 있어서였다. 그를 처음 만났을 때, 그에게 유리한 점이 있었던 건 사실이다. 그때 그는 가을옷을 입고 진홍색 불로 타오르기 시작했다. 그 유혹에 어떻게 저항할 수 있겠는가?

로망의 책은 점점 더 두꺼워진다. 이제는 책이 아니라 이상 징후가 되어간다. 빽빽하게 쌓인 400쪽 이상의 원고. 그는 밤에 쓰고 낮에 자며, 느지막한 오후에는 카페에 간다. 가끔 함께 가기도 한다. 로망은 이 카페를 찾을 때 아름다운 문장 하나를 완성하는 만큼의 공을 들였다. 이곳을 일곱 번 가본 후 마침내 편안함을 찾았고 친구들도 사귀게 되었다. 항상 같은 테이블에 앉는 그들은 로망, 알랭, 뤽, 에티엔, 이렇게 네 명이다. 네 명의 사도들. 그들의 그리스도는 예술이다. 그중 직업이 있는 사람은 에티엔뿐이다. 그는 은행에서 일하는데, 대차대조표 하나를 마치고 다음 대차대조표를 작성하기 전에 곡을 쓴다. 알랭은 화가다. 그에겐 적어도 정장과 파이프, 눈까지 내려오는 머리카락, 자줏빛 비단 스카프, 골 간격이 넓은 검은색 코르덴 바지가 있다. 뤽은 로망처럼 플로베르의 발자취를 따른다. 우리는 떠들고, 마시고, 세상을 다시 만든다. 사실 그렇게 하는 건 네 명이고, 나는 그들을 본다. 로망에 대한 애정이 식기 시작한 건 이런 저녁들을 보내면서인 것 같다. 애정이 식는다는 건, 더 이상 사랑하지 않는다는 뜻이다. 나는 세상이 공평하지 않으며, 늑대, 유대인, 크레테유의 어린이들이 아무 걱정 없이 돌아다닐 수 있도록 세상에 약간의 질서를 — 혹은 무질서를 — 되돌려 놓아야 한다는 사실을 잘 알고 있다. 그렇지만 문학과 음악과 미술계에 알려지지 않은, 긍지에 찬 네 사람에게서는 늑대나 유대인이나 크레테유의 얼굴, 그 어느 하나도 보이지 않는다. 내가 볼 수 있는 것은 오로지 작은 야망과 심각하고, 무겁고, 무겁고, 무거운 네 영혼뿐이다. 우리는 세상을 다시 만들길 원치 않는다. 단지 가능한 한, 재능이 요구하는 가장 큰 공간을 만들기 위해 세상을 개조하길 원한다.

편집자들은 로망의 재능을 알아보지 못하는 것처럼 보인다. 로망은 완성한 원고를 열댓 군데의 출판사에 보냈는데, 두 달이 지나자 거절 편지가 우편함에 쏟아지기 시작했다. 모조리 머저리들이야. 로망이 투덜댄다. 랭보도 자비로 출판해야 했다고. 그게 바로 이 업계의 지적 빈곤을 말하는 거지.

매일 밤 랭보 옆에서 자는 법을 배운다. 참 이상한 일이다. 랭보는 남자들을 더 좋아하지 않았던가? 이런 얘기를 로망에게 하지는 못한다. 침대에 있을 때 그의 예의는 사라졌다. 그의 마음에 — 동시에 나의 마음에도 — 자리 잡은 게으름이 핏속으로 흐르다가 손가락 끝에 이르면 무례함으로 변한다. 나는 전혀 대항하지 않는다. 좋은 가문의 아들은 떠났고, 거친 예술가가 그 자리를 대치했다. 하지만 무례함처럼 정중함 속에도 부족한 게 있다. 무언가 혹은 누군가가.

나는 거위 털로 채워진 포근한 베개에 머리를 푹 파묻은 채 랭보가 달려들게 놔두고, 작은 바람에도 잎사귀를 떠는 내 황홀한 애인, 단풍나무를 멀리서 지켜본다. 단풍나무는 나보다 훨씬 운이 좋다.

향수 가게를 그만두고 서점으로 갔다. 레알 근처 지하에 있는 중고 서점이다. 독자들은 자신의 서재에 있는 책들을 치우려고 그곳에 온다. 나는 분류를 한다. 몇 푼 안 되는 책들은 비닐봉지에 넣고, 희귀본들은 고급 종이로 포장한다. 로망은 두 번째 원고를 시작했다. 한 장 한 장 찢어버린 첫 원고는 건물 안뜰에서 자신의 소임을 다했다. 눈이 내리지 않는 1월의 밤이었다. 새벽에 경비원과 이웃들은 단풍나무 아래 흩어져 있는 수십 장의 러브레터를 발견했다. 어린아이처럼 유치한, 예상치 못한 눈이었다.

결혼식 하객들이 교회에서 나왔다. 행렬이 호텔 앞을 지나갈 때 강한 비와 캄캄한 어둠이 그들을 덮쳤다. 폭풍은 새벽부터 개처럼 떠돌고 있었다. 신랑 들러리들이 질러대는 소리가 폭우를 더 자극한 것만 같았다. 한 무리의 사람들이 비를 피하기 위해 호텔로 황급히 뛰어들었다. 호텔 주인은 그들에게 계피를 넣은 따뜻한 와인을 제공했다. 나는 호텔 응접실 구석에 혼자 앉아 신문을 읽고 있었다. 그들이 내게 합석을 권했다. 젊은 신부의 모습에서 무엇이 그토록 내 마음을 움직였는지 모르겠다. 신부는 소녀처럼 앳돼 보였는데, 폭우에 난도질당한 드레스는 걸레 같았고 오렌지꽃 화관은 너덜너덜했다. 그녀와 나이가 엇비슷해 보이는 신랑은 어찌할 바를 몰랐다. 그는 큼지막한 두 손으로 소녀의 얼굴을 부여잡고 부드럽게 쓰다듬으며, 반려동물에게 하듯 따뜻하게 해주려고 애썼다. 그러면서도 내게서 눈을 떼지 않았다. 나는 분명 그의 구미를 돋우는 여자였다. 그러나 그는 다른 여자를 곁눈질하면서도 능숙하게 또 한 여자를 위로하고 있었다. 폭우가 다른 곳을 사냥하러 떠났다. 하객들이 의자 끄는 소리를 내며 자리에서 일어났고, 뱅쇼값을 내려고 하자 주인이 화를 냈다. 아니, 어떻게 이런 날 돈을 받겠어요! 신혼부부가 제일 먼저 밖으로 나갔다. 그리고 신랑은 내게 마지막 눈길을 던졌다. 그 시선에는 고통스러운 무언가가 담겨 있었다. 욕망과 우수가 더럽게 섞인 무언가. 너와 섹스하고 싶어. 하지만 보다시피, 이 여자 때문에 옴짝달싹할 수가 없어. 내가 남자의 얼굴에서 이런 마음을 알아챈 것이 처음은 아니다. 함께 일하는 서점 직원을 집에 초대했을 때 로망의 눈에도 이와 똑같은 축축하고 희미한 빛이 반짝였다. 조심해야 한다. 때때로 나를 잠식하는 이런 생각을 경계해야만 한다. 죄책감을 느끼게 하고, 날 괴롭히는 생각. 그건 우리 관계가 전부 가짜라는 생각인데, 그보다 더 나쁜 건 우습다는 생각이 드는 것이다. 그렇다. 때로는 가장 깊은 감정이라 할지라도, 우리의 모든 감정에는 지울 수 없는 희극적 요소가 존재하는 것처럼 보인다. 감정의 깊이는 사랑과 아무런 관련이 없을 때가 많고, 모두 이기심과 연관되어 있는 게 틀림없다. 우리가 우는 것은 자기 자신 때문이고, 우리가 사랑하는 것은 오로지 자신뿐이다. 이 생각 자체는 그리 어리석지 않지만, 그런 생각 뒤에 슬픔이 따라온다면 어리석은 일이 될 것이다. 나는 진실이란 게 무엇인지 모른다. 그러나 슬픔에 관해서는 알고 있다. 슬픔은 다른 무엇도 아닌 허구라는 걸. 어머니로부터 그 사실을 알게 되었다. 또한 뚱보를 통해서도 알게 되었고, 최근 몇 달 동안에는 로망까지도 그런 사실을 알게 해주었다. 로망은 시를 읽고 있었다. 나는 그 시를 그와 함께 읽었다. 부부 생활은 바닥이 없고 거대하다. 어느 측면에서는 황폐해질 수 있지만, 다른 측면에서는 조용히 지속해 나갈 수 있다. 부부 생활은 더딘 죽음을 견뎌내는 커다란 짐승과 같다. 아르토, 앙토넹 아르토. 로망이 읽고 있던 시인의 이름이다. 나는 그가 밑줄 그은 문장들을 읽었다. 1945년 말, 시인이 로데즈에게 쓴 편지 중에서 '**영혼의 상태가 영혼을 망각하게 한다**'라는 문장이 기억난다. 나 같으면 이 문장을 이렇게 썼을 것이다. '영혼의 상태가 영혼이 다가오는 것을 막는다'라고. 그리고 덧붙일 것이다. '영혼은 무엇인가?'라는 질문을. 물론 나는 답을 가지고 있지 않다. 내게는 이런 질문이 수도 없이 많다. 나는 내 질문들에 바람을 쐬어주기 위해, 그리고 그 질문들을 응시하기 위해 호텔에 묵었다. 바라보는 것은 생각하는 것이다. 책 속에서 잠들기 전, 생각은 세상을 배회하다 우리가 책에서 추출한 이미지들로부터 튀어나온다. 새신랑의 얼굴에는 결혼에 관한 어떤 책에서도 절대 찾아볼 수 없을 무언가가 있었다. 나는 많은 걸 잊어버리지만 이런 광경은 결코 잊지 않는다. 내 생애 초기의 삶, 나의 방랑자 생활은 내게 세상에 대한 볼거리를 끝없이 제공했다. 집시와 서커스 공연단이 거쳐 가는 마을들은 서로 닮았다. 교외에 있으면서 다소 헐벗은 진흙투성이 땅이다. 아름다운 동네에는 어릿광대를 위한 자리가 없다. 부자의 세계와 가난한 자의 세계는 둘로 구분되어 있는 것이 아니다. 그것보다 훨씬 심하다. 부자들을 위한 단 하나의 세계만 있으며, 그 옆이나 뒤에 있는 구역은 부자들 세계의 폐기물에 대해 알려줄 뿐이다. 아버지가 니스의 아름다운 거리로 데려간 날을 기억한다. 그는 내 어머니의 생일 선물을 물색하고 있었다. 아버지와 함께 보석 가게에 들어갔다. 나는 아침 내내 다른 아이들과 먼지 속에서 뒹굴어서 꾀죄죄한 몰골이었다. 아버지는 면도를 하지 않았고, 바지에는 기름때가 번들거렸다. 아버지를 보던 판매원의 눈길을 결코 잊을 수 없다. 굴욕의 경험은 사랑의 경험과 마찬가지로 잊히지 않는다. 나는 영혼이 무엇인지 알지 못한다. 그러나 영혼이 육체의 어느 부분에서 증발하여 완전히 사라지는지는 아주 구체적으로 안다. 그곳은 눈동자 속의 가장 작고 어두운 부분, 바로 경멸이 자리 잡은 곳이다. 더 꼴사나웠던 건, 아버지가 주머니에서 꺼낸 지폐 뭉치 앞에서 판매원의 눈이 다시 반짝였고 얼굴이 활짝 펴졌다는 것이다. 사람의 눈은 늑대의 눈보다 훨씬 변화무쌍하다. 그 눈에서 보이는 건 더할 수 없이 끔찍하다.

로망과 함께하는 세월이 끝나가고 있다. 나는 그 사실을 즉시 알아차리지 못한다. 하나가 끝나려면 다른 하나가 시작되어야 한다. 그러나 시작하는 것들은 보이지 않는 법이다. 우리가 함께한 지 7년이 되었다. 나는 다소 무미건조한 이 삶이 마음에 들었다. 결혼 후 생기 있는 무언가와 멀어졌지만, 그 대신 쉼을 얻는다. 결혼 생활이라는 건 어린 시절의 종말이라는 생각이 들고, 이 끝은 불가피하다고 느낀다. 가출은 멈췄다. 그 사실을 내게 깨우쳐 준 것은 어머니다. 하지만 어머니의 말이 완전히 맞는 건 아니다. 7년 동안 집 밖으로 날아간 적이 몇 번 있었으니까. 너무 이상하게 생긴 여자가 아니라면 뤽상부르 공원의 산책길에서 남자에게 다가가 말을 거는 건 그리 어렵지 않다. 나를 데려가 주세요. 몽생미셸이나 베즐레, 아니면 그랑드샤르트뢰즈로 데려가 주세요. 도착하면 우리는 가능한 한 조용히 산책할 거예요. 저녁에는 굴이나 부르기뇽 소고기, 감자 그라탕을 즐길 수 있는 큰 레스토랑으로 초대할게요. 식탁에서 대화 주제는 당신이 정하세요. 전 당신의 말을 듣고만 있을게요. 그게 제가 제일 잘하는 일이거든요. 호텔에서 밤을 보낼 때 방은 하나나 두 개를 잡으면 돼요. 아직은 모르겠지만, 그건 당신과 당신의 말이 나를 얼마나 즐겁게 하느냐에 달려 있어요. 우리는 아무에게도 말하지 않고 그곳으로 지금 즉시 떠날 거예요. 그리고 내일 저녁때 돌아올 거예요. 나는 7년 동안 이 제안을 스무 번쯤 하고, 답은 네 번만 받는다. 대부분의 남자들은 당황해하고, 많은 이들이 얻어맞은 개처럼 미안한 표정을 지으며 사람들에게 알리지 않고서 자리를 비울 수는 없다고, 당연히 허락하지 않을 거라고 내게 설명한다. 이들이 알려야 할 사람은 아내부터 신까지 다양하다. 선택한 장소가 거의 대부분 수도원이라는 사실에 놀라는 사람들은 드물다. 나는 그들에게 순례 중이며, 오래된 돌과 노래, 수도승들의 발밑에서 자라나는 모든 것에 대한 갈망이 갑작스레 생겨났다고 대답한다. 첫 여행에서 돌아온 후, 나는 로망에게 설명한다. 서커스단 사람들이 그리워서 이틀 동안 그들과 있었고, 가끔 그렇게 할 것이라고. 그에게 몽생미셸

만이나 오트콩브 수도원에 대해 말할 때 거짓말은 절반 정도에 불과하다. 내가 보낸 저녁이 서커스를 보는 것과는 거의 상관이 없지만, 내가 있었던 곳은 그곳이 맞으니까. 이런 탈선을 자랑스럽게 여기는 것은 아니다. 그렇다고 부끄럽지도 않다. 그건 진짜 가출이 아니다. 나는 어머니의 말 이후, 그것에 대해 깊이 생각했다. 만일 내가 더는 사라지지 않는다면, 그건 나에게 사라질 필요가 더는 없다는 뜻이다. 결혼은 여전히 여성이 보이지 않게 되는 가장 좋은 방법이다.

로망은 계속 글을 쓴다. 출판사들의 답을 기다리는 동안 얼어 죽지 않으려 시청의 비서 공채에 응시했고, 통과했다. 공증인 아빠와 변호사 엄마는 실망하는 한편 안심하기도 해서 그들의 어린 아들과 다시 연락을 취했다. 그러고는 결혼 선물로 스튜디오를 살 수 있는 백지 수표를 봉투에 넣어주었다. 두 배의 급여가 생기고 집세를 낼 필요가 없어진 우리는 이제 부자다. 혹은 거의 부자다. 그래서 나는 내 영혼과 육체에 옷을 입힐 수 있는 의복과 책을 사는 데 많은 돈을 쓸 수 있다.

문틈으로 쪽지 한 장이 들어왔다. 건물 소유주 모임에 참석해 달라는 메모다. 안건은 너무 많이 자란 단풍나무 처리에 대한 것이다. 가지들이 창문에 부딪히고 안뜰에 너무 많은 그늘을 만들어 3층 아래 거주하는 주민들을 화나게 한다. 어느 저녁, 구체적으로 말하면 사방에 봄기운이 감돌고,

하늘은 여전히 파랗고, 꽃들이 터질 준비를 하며, 꽃향기가 떠돌기 시작하는 4월 끝자락의 화요일 저녁이다. 로망은 같이 오지 않는다. 사무실에 가면 이런 모임이 하루에 수십 번도 더 있어. 거기는 당신 혼자 가. 탁자 앞에 서른 명의 사람들이 앉아 있다. 내가 아는 사람은 별로 없고 모두들 잘 차려입고 있다. 우리와 같은 층에서 일하는 정신분석가, 제빵사, 경비원, 퇴역군인. 다른 사람들은 누군지 모른다. 모임에 늦은 나는 이미 단풍나무를 베어버리기로 결정했다고 느낀다. 그래서 자리에 앉자마자 다시 일어나서 그들이 살인자이며 바보라고 말한다. 제빵사 여자가 내 말을 더 자세히 듣고 싶어 한다. 그다음으로 거인처럼 큰 남자가 일어난다. 나는 그를 한 번도 본 적이 없다. 맞은편 건물에 살고 있는데 다른 입구로 다니는 것 같다. 그가 말한다. 아가씨 말이 옳아요. ─ 나를 아가씨라고 부르는 말에 전율이 느껴진다. 그런 일이 결코 더는 일어나지 않을 거라 생각했다. ─ 아가씨 말이 옳아요. 이분은 아주 온건하게 말한 걸로 생각됩니다. 물론 나무 때문에 빛이 가려지는 건 사실이지요. 하지만 우리 중 이 나무를 없애고 싶어 하는 사람이 누가 있겠습니까? 나는 내 일을 하는 데에 이 나무가 필요합니다. 매일 잎사귀들을 봐야 해요. 나무는 이 건물의 첫 거주자이고, 수령은 존중받아 마땅해요. 장담컨대 노인들이 우리에게 그늘을 지게 한다는 핑계로 그들의 다리를 자르지는 않을 거예요. 경고하는데, 잎사귀 하나라도 먼저 건드리는 사람은 저를 상대해야 할 겁니다. 농담이 아니에요. 저는 아가씨와 의견이 같아요. 특히나 침묵을 지키지 말아야 할 것들이 있다고 생각합니다. 그는 천천히 탁자 주위를 돈다. 전설 속 괴물처럼 큰 사람이다. 그가 3층 이하에 거주하는 소유주들 앞에서 멈춘다. 나는 거수 투표로 이 무의미한 회의를 끝내자고 요청한다. 결국 단풍나무를 베러 오는 사람은 없을 것이다. 우리는 그저 내년에 이 문제를 다시 논의하자는 데 합의한다.

거인이 우리의 승리를 축하하자며 나를 집으로 초대한다. 그의 집이 어떻게 생겼는지 말하기는 어렵다. 문을 다시 닫기도 전에 그가 숨이 막힐 정도로 나를 꼭 끌어안고 들어올려 키스를 한다. 나는 초록색 커튼이 걸린 방과 구석의 침대 외에는 거의 텅 빈 다른 방을 힐끗 본다. 그리고 무엇보다 황홀한 그의 이, 흡연자의 이를 본다. 가엾은 로망, 소유주 회의는 통틀어 세 시간이 걸릴 것이다. 사랑하는 데 한 시간, 누런 이를 가진 괴물의 품속에서 자는 데 두 시간. 우리는 서로 아무 말도 하지 않는다. 나는 사랑에 빠지고, 사랑에 빠지는 게 무엇인지 깨닫는다. 아무도 내게 설명해 준 적이 없었다. 7년을 같이 산 남편이나 이틀 동안의 정사도 그 이상의 것을 내게 알려주지 못했다. 나는 난생처음으로 사랑을 한다. 그전에 했던 모든 건 아무것도 아니었고, 그전에 있었던 모든 건 존재하지 않았다. 우리는 온 세상 모든 사람과 잘 수 있지만 그것으로 변하는 건 아무것도 없다. 마음이 가닿지 않는 한 육체는 처녀지로 남아 있다. 나는 결혼하지 않았고, 나는 스물네 살이 아니다. 사랑 속에서 처음으로 나는 영원한 나이를 갖는다.

 잠에서 깼을 때, 별들의 왕관을 쓴 어둠 속에 내 연인이 서 있는 모습을 본다. 또 다른 연인이자 오늘 저녁 우리가 구한 단풍나무다. 가지들 틈으로 내 스튜디오를 보았다. 그리고 열린 창문을 통해 안쪽 벽에 비친, 원고에 몸을 숙이고 있는 로망의 그림자를 보았다. 두 아파트 사이의 거리는 10미터. 매우 가깝지만 넘을 수 없는 거리다.

뚱보는 컨디션이 아주 좋다. 그에게 새 건전지를 넣어주었다. 밤이면 그가 내 아름다운 눈을 위해 바이올린 소나타 3번 C장조 BWV 1005번을 연주한다. 테이프에 적힌 곡명이다. BWV 1005. 자동차 번호판에서도 이 번호를 볼 수 있을 것이다. 운전대를 잡은 뚱보는 뻣뻣한 목에 교황처럼 심각하고 굳은 얼굴을 하고 전속력으로 달린다. 요즘 내 마음을 편안하게 해주는 세 가지는 글쓰기, 아르부아 와인, 소나타 3번이다. 처음 두 개는 액체다. 잉크와 와인. 세 번째는 기체다. 날개와 기쁨. 밤마다 몇 개의 미지수를 지닌 방정식 앞에서 머뭇거리듯 음악을 듣는다. 음악은 기다림, 피곤, 지루함으로 이루어진 투박한 삶을 사로잡고, 평범한 날들의 실체를 잊으려 굳이 애쓰지 않은 채 그런 날들을 자신의 기반과 자양분과 비상의 토양으로 만든다. 우선은 미미하게 시작하여, 주저하며 시도하고, 활로 거칠게 현을 긁다가, 단번에 모든 것을 모아, 맑은 공기의 푸가 속으로 날아간다.

그날 밤 호텔 주인이 방문을 두드리며 소리를 낮춰달라

고 했다. 전날 밤에 고객들의 불평이 쏟아진 탓이다. 음악 소리가 진짜로 너무 커서 나는 주인의 목소리를 듣지 못했다. 결국 호텔 주인이 방으로 들어왔는데, 그때 난 뚱보에게 말하는 중이었다. 그런 나를 보고 주인은 살짝 겁먹은 듯했다. 나는 그에게 책을 쓰려고 이곳에 왔으며 음악이 영감을 준다고 말하면서 소리를 낮췄다. 그의 얼굴에 만족한 빛이 떠올랐다. 그는 내가 호텔에 온 이후 감히 묻지 못했던 질문에 대한 답을 얻은 참이었다. 예쁜 여자가 도대체 뭘 하려고 이런 촌구석에 온 거지? 슬픈 사연이라도 있는 걸까? 작가라는 말을 듣고 그는 좋아했다. 다음 날 그가 자기 아내와 함께 점심을 먹자고 초대했다. 후식을 먹을 때 그가 말했다. 이해합니다. 영감은 논쟁거리가 될 수 없죠. 지금은 비수기라 손님이 그렇게 많지 않아요. 다음엔 손님들에게 소음의 이유를 설명할게요. 원하시는 대로 음악을 들으세요. 그 일은 더 이상 얘기하지 맙시다.

조금 전 산책을 하다가 열 살 때의 피, 가출과 호기심의 피가 다시 돌아왔다. 요양원 앞을 지나던 나는 그곳으로 들어갔다. 로비에는 실내복 차림의 할머니들이 가득했다. 거기서 오래 지체하지는 않았다. 누구도 노인들을 오래 보고 싶어 하지 않는다. 노인들조차 그렇다. 나는 공용 로비에서 박하사탕을 빨며 텔레비전을 보고 있던 부인과 이야기했다. 여든 혹은 여든다섯 살쯤으로 보이는 할머니다. 그녀가 내게 말했다. 여기에 늙은이들만 있다니 얼마나 끔찍한지 몰

라. 내가 웃었다. 그 말이 어떤 의미인지 잘 알았다. 할머니에게 오늘 가장 큰 사건은 개 한 마리였다. 어디서 왔는지 아무도 모르는 노란 개가 두 시간 동안 로비를 어슬렁거렸던 것이다. 이곳에는 동물 출입이 금지되어 있다. 남자들도 마찬가지다. 다람쥐, 새, 길고양이처럼 혼자서 난입한 동물들만 예외였다. 남자들은 맞은편의 쌍둥이 건물에 있다. 이 건물에서 저 건물로 혼란과 분노의 이야기들이 생겨난다. 어리석음과 용서는 다른 모든 곳에서처럼 요양원 안에서도 춤을 추고 있다. 지혜는 흔히 말하는 것과 달리 나이가 들면서 저절로 오는 것이 아니다. 지혜는 시간의 문제가 아니라 마음의 문제이며, 마음은 시간 안에 있지 않다. 나는 노부인에게 다시 보러 오겠다고 약속했다. 그녀는 중학교 시절 나의 대모와 얼핏 닮았다.

괴물과 보낸 3년은 표면상의 3년이며, 사실은 3세기다. 나는 이 사랑에 대해 아무것도 말할 수 없고, 단지 노래할 뿐이다. 아마도 나는 새로운 백지들을 마주하려고 이전의 종이들을 새까맣게 채웠던 건 아니었을까? 아마도 이 문장을 낳기 위해 다른 모든 문장을 고안했던 게 아니었을까? 문장을 끝내는 온점이나 최대한 뒤로 미룬 마침표 없이, 오로지 쉼표들만 있는 3년의 문장, 3년 그리고 3세기 동안 지속된 사랑 같은 문장, 내가 하지 못할 말을 말하기 위한 문장, 내게 다가와 휘몰아치며 나를 **나**로 되돌리려 내게서 모든 것을 지우고, **나**라고 부르는 것이 얼마나 작고 하찮고 근거 없는지 깨닫게 해준 이 기쁨을. 이 사랑 이전에 나는 태어나지 않았고, 이 사랑과 함께 죽었으며, 없음에서 다른 없음의 상태로 건너갔다. 첫 번째는 슬프고 무거웠지만, 두 번째는 요한 제바스티안 바흐의 음악이 급격한 변화와 활의 진동으로 공격을 가하듯 빛나고 단호하고 활기차다. 괴물의 진짜 이름은 알방이다. 그것이 내가 괴물에 대해 처음으로 알게 된 것이다. 하지만 나는 그를 괴물이라고 부른다. 그렇게 부르기로 선택한다. 그에게 훨씬 더 어울리는 이름이다. 숲속의 세레나데 같은 그의 마음에서 나를 발견한다. 바흐에 대한 그의 애정, 바흐를 향한 그의 열정. 그것이 내가 그에 대해 처음으로 알게 된 것이다. 괴물은 밤낮으로 바흐를 듣는다. 혼자 사는 괴물은 밤낮으로 그의 엄마인 바흐를 듣는다. 침대 옆 벽에 가득 쌓인 디스크들은 뚱보의 전 작품을 망라한다. 어떤 연주도 빠지지 않았다. 나는 처음에 바라만 보고 아무것도 듣지 않는다. 내가 그 방에 처음으로 들어갈 때 바흐가 나오고, 우리는 문턱에서 서로 마주친다. 내가 처음으로 그곳에 있을 때 괴물은 디스크를 넣지 않는다. 나는 그걸로 나의 허영심을 끌어내고 나의 힘을 유추한다. 나는 바흐의 칸타타만큼이나 풍부하다. 나의 존재는 합창단, 바이올린, 플루트, 그 밖의 모든 것만큼이나 유려하고 투명하다. 맹세코 그렇게 생각한다. 만약 우리가 언제 어디서든 머릿속으로 불러대는 노래에 대해 진실로 말한다면, 삶은 더욱 재미있고 더욱 고통스러우며 아마도 훨씬 더 생기 있어질 것이다. 그것이 내가 첫날 저녁, 로망에게 한 짓이다. 나는 그에게 모든 것을 이야기한다. 단풍나무를 구한 일과 괴물 품속으로 난파된 일을. 그를 배려하지 않는 것, 그를 별 볼 일 없는 남편, 별 볼 일 없는 환자, 별 볼 일 없는 아이, 별 볼 일 없는 장애자로 만들지 않는 건 내가 로망을 사랑하는 마지막 방법이자 마지막 기회다. 로망, 너는 나를 사랑하고 또 사랑한다고 말하지. 그러나 내 심장을 요동치게 하는 건 갓 불에 덴 상처야. 그 상처로 나는 피어나고 시들어가. 나는 괴물을 사랑해. 그에 대해 아는 게 전혀 없어도 나는 그의 품 안에서 황홀한 자유로움, 황홀한 열망을 느껴. 너무나 자유롭고 너무나 큰 열망이어서 나는 그에게로 다시 돌아갈 거야. 그와 동시에 나는 너와 함께 있을 거야. 로망, 받아들여. 나와 함께 풀어가자. 나는 그림처럼 아름다운 눈송이에 사로잡혔어. 네가 그렇지 않다고, 그건 그림이 아니라고 생각한다 해도, 분명 그것이 맞아. 이해할 건 아무것도 없어. 눈송이는 사리에 맞는 말은 전혀 하지 않고 짧은 생애 동안 오로지 춤만 출 뿐이야. 내 피부는 괴물의 손길에 녹아내려. 살갗과 마음이 춤을 추며 녹고, 녹으면서 춤을 춰. 원한다면 다른 식으로 말해줄 수도 있어. 그날 저녁 난 부자였어. 네게서 아무것도 훔치지 않았어. 누군가가 내게 무언가를 주었으니까. 그 누군가가 네가 아닌데, 내가 무엇을 할 수 있을까? 모든 걸 내어줄 수 있는 사람은 아무도 없고, 다른 사람을 충족시켜 줄 수 있는 사람도 아무도 없어. 누구도 신이 될 수 없어. 로망, 나를 더욱더 가볍게, 노래하게 만든 사람이 있어. 너는 나를 사랑하지. 그러니 그 일이 너를 우울하게 만들 수는 없어. 만일 네가 우울해진다면 너는 배신당한 남편의 길, 진흙투성이의 짓밟힌 길을 걷는 거야. 서점 손님을 기억하는지. 작은 남자가 동굴에서 울리는 목소리로 '**나의 부부 관계**는 좋지가 않아요.'라고 체면을 구기며 말했을 때, 나는 도저히 참지 못하고 웃음을 터뜨렸어. 내게 말해줘, 로망, 너는 이런 사람들과 같은 길을 가지 않겠다고. 나는 그의 얼굴 앞에서 대놓고 웃었고, 침울한 표정의 작은 남자는 아주 불쾌해했지. 스위스에 감춰둔 재산이나 만성 질환을 말하는 듯한 **그의 부부 관계**라는 표현 때문에 난 웃음을 참을 수가 없었어. 하지만 나를 웃게 만든 이 단어를 기어코 써야 한다면, 맞아, 난 너를 수도 없이 속였어. 나는 남자들과 네 번 여행을 갔어. 내가 서커스단 사람들을 보러 간다고 말할 때는 언제나 불륜 여행을 떠난 거였지. 로망, 우리는 살면서 언제나 바람을 피워. 진정한 삶은 비밀스럽고, 은밀하고, 훔치는 거야. 이슬비를 맞으며 걷고, 포장도로 위에 울리는 구두 굽 소리에 기뻐하고, 책에서 문장 하나를 뽑아내어 잠시 마음에 담고, 창밖을 바라보며 과일을 먹는 것, 그것 역시 속이는 거야. 남편과는 상관없는, 전혀 상관없는 순수한 기쁨을 밖에서 얻기 때문이지. 너도 마찬가지야. 내가 잠든 사이에 글을 쓰면서 너는 뭘 하고 있었던 걸까. 나는 로망에게 한 시간 동안, 그리고 3년 동안 이런 말을 했다. 사실 완전히 그렇게 말한 건 아니었지만, 모든 내용이 그 안에 있었다. 첫날 저녁 그는 울었고, 이어서 웃었다. 그렇다, 그는 웃었다. 두 상태 사이에는 큰 차이가 없다. 웃음은 스스로를 위로하는 눈물이므로. 그리고 그가 말했다. 생각해볼게. 그는 생각하는 데 3년이 걸렸다. 로망은 견딜 수 있으리라 믿었던 것을 견디지 못한다는 사실을 깨닫는 데 3년이 걸렸다. 이 3년 동안 모두에게 조금씩 변화가 생겼다. 심지어 바흐에게도. 바흐는 내가 괴물 집에 갈 때마다 차츰차츰 머무르기 시작했고, 나는 칸타타와 합창단의 축복 아래 사랑을 나누었다. 지금, 괴물과의 사랑에서 내게 남아 있는 것은 이 음악뿐이다. 아름다운 잔해라는 생각이 든다. 여름 한철, 창문은 활짝 열려 있었고 단풍나무는 잎사귀들로 나를 입혔다. 그러나 충분히 가릴 정도로 입혀준 것은 아니어서 로망은 이따금 듬성듬성한 잎사귀들 틈으로 나의 벗은 몸을 알아채곤 했다. 그가 그 시절만큼 글을 많이 쓴 적은 없었다. 문체도 변했다. 어떻게 말하면 좋을까, 그의 글은 더 이상 자기 자신으로 꽉 차 있지 않았다. 그는 자신을 애도했다. 글을 쓰면서 그는 기묘한 축제들을 향해 나아갔다. 아니, 어쩌면 단순히 미치지 않기 위해 일했다. 책이 출판됐다. 그렇다고 해도 나에게 바뀌는 건 아무것도 없었다. 매일 저녁 괴물을 보러 가야 했고, 내 옷을 벗기고 나를 취하고 내 영혼을 야수의 잠 속으로 던지는 괴물과 만나야 했다. 그와 함께 사는 것은 한 번도 생각해 본 적이 없다. 내게 아무리 기쁨을 주는 사람이라 할지라도 그와 결혼할 생각은 없다. 다만 그 기쁨에서 빠져나오지 않을 것이다. 괴물의 직업에 대해 말하는 걸 잊었다. 나를 타오르게 하고 나를 잠들게 하는 것과는 다른 일, 낮 동안의 일. 괴물은 파리 오페라의 수석 첼리스트다. 수석이거나 두 번째 첼리스트, 그 비슷한 것이다. 그에겐 집이 두 채가 있다. 큰 아파트와 작은 아파트. 작은 아파트에는 한 번도 가 본 적이 없다. 그가 항상 거절했기 때문이다. 작은 아파트는 레알 근처에 있는 건물 꼭대기의 하녀 방으로 그와 첼로를 위한 곳이다. 우리가 만난 큰 아파트에는 첼로를 절대 가져오지 않는다. 그가 말하길, 지금은 첼로 연주를 준비 중이며 그러기 위해 무엇보다 잎사귀를 하나하나 구별할 수 있을 때까지 단풍나무를 응시하면서 자신의 연주를 생각하는데, 그건 실제 연주만큼이나 중요하다고 한다. 나는 그 연주, 잘하기 위해 아무것도 하지 않는 연주가 마음에 든다. 그 연주에는 내가 그와 함께 사는 모습이, 끝이 오기 전에 끝을 알리는 전조가 보인다. 그러나 슬프지 않다. 나는 괴물에게서 나중에 더 완벽히 연주하기 위해 연주하지 않는 법을 배우고, 더 이상 사랑받지 않아도 되도록, 그리고 종국에는 감정을 넘어선 그 너머 다른 곳, 감정과는 다른, 필시 사랑이 분명한 무언가를 향해 갈 수 있도록 사랑받는 법을 배운다. 마치 오늘 이 호텔에서 살아 있는 채로 혼자 지내면서, 한 사람과만 얽히는 관계의 질병 없이, 어디에서든 주고받는 사랑으로 애정을 키우며, 아버지나 남편이나 연인에게 더는 의존하지 않는 사랑으로 더욱 깊은 사랑을 하는 것처럼. 사랑은 아주 작은 방이다. 나는 3년의 끝에 이르러서야 비로소 그 안으로 들어가려 한다. 3년 동안은 사랑할 준비를 하고, 3년 동안은 다른 것을 기다리며 산다. 나는 살아 있는 것이 아니라 불탈 뿐이며, 다른 두 사람도 나와 함께 타들어 간다.

며칠 전부터 말하는 일에 곤란을 겪고 있다. 말이 너무 지겨워진 탓이다. 더는 말하고 싶지 않고, 다른 사람이 내게 말하는 것은 더욱더 원치 않는다. 호텔 주인과는 미소만 교환하는데, 대화 대신 미소로도 충분하다. 샹파뇰 마을 상인들과도 마찬가지다. 샹파뇰은 이 지역에서 가장 큰 마을로, 그곳에서 담배, 초콜릿, 신문 들을 양껏 사 온다. 담배와 군것질거리는 기호에 맞아서 구매하는 것이지만 신문의 경우, 그냥 지나치는 법은 없어도 좋아하지는 않는다. 나는 매일 아침, 흰 바탕의 검은 글씨에서 약간의 지성을 발견하길 원하고, 별다른 이유 없이 잉크로 기름진 종이에 손가락을 더럽힌다. 내가 놀랍게 생각하는 건, 사람들이 무엇에서든 글 쓸거리를 너무도 빨리 찾는다는 것이다. 평범한 삶은 대개는 사라지고, 대개는 모호하며, 거의 아무런 일도 일어나지 않은 채 지나간다. 그 삶들을 정확히 말하려면, 몇 년 그리고 또 몇 년의 세월이 걸릴 때가 많다. 그런데 신문 속 언어들은 사건과 동시에 나타난다. 비록 소음에 불과한 언어일 뿐일지라도. 생각해 보면, 그건 돈 문제다. 어떤 대가를 치르더라도 매일 채워야 할 수많은 페이지들이 있으니까. 신문이 돈과 불안의 문제이듯, 침묵과 사랑도 다를 바 없다. 우리는 그것들에서 도망치면서 삶을 보낸다. 어느 날 요양원에 갔다. 여전히 텔레비전 앞에 있던 노부인은 내가 가져간 박하사탕을 급하게 낚아챘다. 그녀 곁에 앉아 텔레비전을 보았다. 텔레비전 속에서는 아주 젊고, 아주 싱그럽고, 아주 잘생기고, 돈도 아주 잘 버는, 그곳에 있다는 기쁨으로 가득 찬 진행자가 여배우를 인터뷰하고 있었다. 그가 질문을 했다. 당신은 단 한 명의 동반자와 함께 무인도에 있습니다. 당신과 끝없이 사랑을 하지만 결코 한마디도 하지 않는 연인 혹은 털끝 하나 건드리지 않지만 함께 모든 걸 말할 수 있는 사람, 그중 누구를 선택하시겠습니까? 그녀는 진행자가 기대하지 않았던 대답을 내놓았다. 함께 말하는 남자요. 깜짝 놀란 진행자의 얼굴에 실망의 기색이 떠올랐다. 그가 선택의 이유를 물었다. 그녀는 섹스는 영원히 지속되지 않지만 말은 죽을 때까지 사용해야 하며, 그건 어쩔 수 없는 일이라고 말했다. 나는 **어쩔 수 없다**는 말에서 해방되고 싶다. 침묵하면서 살기를 원한다. 내 마음을 사로잡는 것은 침묵이다. 내 아버지의 묵직한 침묵이나 요양원의 침묵이 아니라 쥐라산맥 숲속의 침묵, 백지 같은 침묵이다. 노부인은 선잠이 들었다. 텔레비전 방은 비어 있었다. 일요일이었으나 이런 시설에서는 매일이 일요일이다. 나는 벽과 창문과 더러운 유리창, 빈 의자들, 리놀륨 바닥을 바라보았다. 불행은 이 방 안에 있지 않고 젊은 진행자가 여전히 으스대는 화면에 있었다. 불행은 사방에서 지글대는 배경음이며, 사랑과 침묵을 방해한다.

호텔로 돌아오기 전에 샹파뇰 마을에 들러 커피를 마셨다. 중학교 때 친구인 엘리자베스 그랑빌과 닮은 여자가 커피를 가져다주었다. 나의 야생아였던 그녀가 어떤 사람이 되었는지 알 도리는 없다. 이제는 그녀의 주소도 갖고 있지 않은 데다가 너무 많은 세월이 흘렀다. 우리는 죽은 자들이 어디로 가는지 알고 있다. 그러나 살아 있는 자들은 어떤가? 그들의 부재는 죽은 자들의 부재보다 더 불가사의하다. 두 시간 동안 테라스에 그렇게 머물러 있었다. 얼마나 평화로운지. 파리에서는 거리의 색채와 소리가 끝을 향해 나아간다. 나는 그곳에서 사람들이 찾아 헤매고 잃어버리는 돈에 대한 불안 외에는 아무것도 느낄 수 없었다. 사실 영화업계에서 일하는 건 아무런 도움이 되지 않았다. 영화는 몇 분 동안 빛 속에서 춤추는 비눗방울이다. 이를 위해서는 2년, 3년, 4년이라는 시간 동안 수백만 유로가 필요하다. 식대, 교통비, 통신비 외에도 이백 명의 사람들을 모으고 먹이고 재우는 비용과 용역 대가를 지불해야 하며, 1년을 더 기다려야 한다. 그래서 비눗방울은 아주 비싸진다.

호텔 주인이 차를 빌려주어서 호수 지역을 돌아다닐 수 있었다. 가끔은 그가 동행한다. 가는 동안 우리는 세 마디 말도 채 교환하지 않는다. 세상에, 얼마나 끝내주는 휴식인

가. 말은 사람들을 묶고 얽어버린다. 가족은 말을 통해 만들어진다. 서커스단 속에서 자라면서, 나는 구속하고 압박하는 가족과는 거리가 먼 삶을 살았다. 가족은 사회의 산물이라기보다는 신의 발명품이다. 장난꾸러기 신은 모두에게 각자의 역할을 단번에 정해줬을 것이다. 너는 여기 그리고 너는 저기 있어야 한다. 더는 움직이지 말아야 하고, 어쩔 수 없이 움직여야만 한다면 서로가 서로에게 고통이 되리라. 아니, 이 호텔에서 가족을 다시 만난다는 건 있을 수 없는 일이다. 내게는 더 이상 아버지든 어머니든 남편이든 필요하지 않다. 그런 건 너무나 충분히 가지고 있었다. 내게 필요한 건 단지 목덜미로, 피부와 블라우스 사이로 스미는 시원한 바람을 느끼는 것이며, 내 눈을 전나무의 짙디짙은 초록색으로 물들이는 것뿐이다. 나는 조금 전 풀밭 위에서 얼핏 보았던 종달새가 된 듯한 느낌이 든다. 종달새는 깃털과 노래의 떨림 속에서 온전한 자신이 될 권리를 누리며 땅에서 하늘로 날아올랐다.

철창 뒤에서 졸고 있던 늑대는 나였다. 창공에서 작고 조용한 환희로 몸을 떠는 종달새는 바로 나다.

어제는 철창, 오늘은 하늘.

나는 발전하고 있다.

티타티티타티, 타타티타타티. 양손에 캐리어를 하나씩 들고 계단을 내려갈 때 심장에서 입술로 떠오르는 소리이자 뚱보의 아리아 첫 음들이다. 내 기쁨인 예수, 티타티티타티, 타타티타타티. 내 기쁨은 예수와 상관없이 지속된다. 내 기쁨은, 문이 쾅 닫히고 서로의 얼굴이 굳어져도 없어지지 않는다. 3년이 지나자 로망은 마침내 결심했다. 나는 그날 저녁, 다른 거의 매일의 저녁과 마찬가지로 괴물의 품에서 나온다. 그리고 예상 못했던 상황과 돌연 마주친다. 스튜디오 문은 잠겼고, 로망은 층계참에 캐리어 3개와 가방 2개를 쌓아놓았다. 가방들을 열어보니 나의 모든 옷과 책, 필수품이 잘 정리되어 있다. 예의의 표시라는 생각이 든다. 계단에 그 모든 걸 아무렇게나 던져버릴 수도 있었다. 3년은 긴 시간이다. 내가 그였다면 그렇게 오래 참을 수 있었을지 모르겠다.

캐리어 3개, 가방 2개. 내 손은 2개뿐이다. 나는 괴물을 찾아간다. 그는 발끝으로 걷고, 나는 그에게 속삭인다. 무슨 일이 생길지 모르니 조심하는 편이 낫다. 악마를 시험해서는 안 된다. 예의와 지혜에도 한도가 있는 법이고, 로망이 층계참에 불쑥 나타나서 나의 첼리스트를 덮치는 꼴은 보고 싶지 않다. 잠시 후 나는 단풍나무를 등지고 창턱에 앉아 조용히 <성 요한 수난곡>을 듣는다. 괴물은 나처럼 침묵을 지킨 채 술을 마시고 담배를 피운다. 음반이 끝났을 때 나는 그의 걱정을 잠재운다. 그의 집에는 아파트를 찾을 동안 일주일만 머물 것이고, 길어야 이 주일을 안 넘길 생각이다. 한 번의 결혼은 한 번의 인생에서 충분하다. 두 번은 과하다. 내가 말할수록 괴물은 긴장을 푼다. 내가 뚱보를 데려갈 거라고 말하자 그는 눈썹을 찌푸린다. 나는 바로 말한다. 물론 디스크를 가져가겠다는 건 아니에요. 난 이 음악이 주는 기쁨을 가져갈 거예요. 나는 디스크가 없어도 뚱보의 음악을 들을 수 있다. 그저 눈을 감고 천천히, 느릿느릿 호흡하는 걸로 충분하다. 그러면 모든 게 음파와 음속과 파동으로 돌아온다. 티타티티타티, 타타티타타티.

이상하다. 아니, 전혀 이상하지 않다. 단 한 순간도 로망에게 돌아가 문을 두드릴 생각을 하지 않았다는 사실이. 그건 어쩌면 내 안에 있는 나약함이나 호의 때문일 수도 있다. 그건 마치 내게 무언가를 주면 받지만, 다시 가져가면 더 이상 원하지 않는 것과 같다. 내게는 떠나는 일이 정말 쉽다. 만일 내가 남자였다면 이런 마음을 가진 여자, 이를테면 무정한 여자와 사랑에 빠질 수 있을지 자문해 본다. 무정? 아니,

나는 그렇게 말하지 않겠다. 가벼움. 그게 더 낫다. 나는 가벼운 마음을 가지고 있다. 아직 완전히 그렇지는 않지만 그 마음에 점점 가까워지고 있다. 내 마음은 티타티티타티다.

나는 괴물에게 가벼워진 마음을 다시 발견하고, 더는 그를 보지 않기로 결심했다. 그에게는 말하지 않았지만, 그도 짐작하고 있다. 나는 한 사람에게서 벗어나려 다른 사람에게 갔을 뿐이며, 또 그 반대로 한다. 한 사람이 사라졌으니, 다른 사람도 사라지는 것이 옳다. 솔직히 마음이 한결 편해졌다. 3년 동안, 내게는 글을 쓰는 것만큼 좋은 일이 없었다. 폭력과 불행이 떠돌았다. 두 남자는 절대 서로 마주치지 않기 위해 보석처럼 빛나는 지성을 발휘했다. 어떤 일로부터 압박을 받는 것은 그 일 자체보다 훨씬 견디기 힘들다. 나는 로망과의 관계가 끝날 즈음, 두 사람의 만남을 상상하며 괴로워하지 않기 위해 둘이 만나는 일이 실제로 벌어지길 바라기 시작했다. 더 말해본들 무슨 소용일까. 책이나 신문에는 따분하기 그지없는 이런 이야기로 가득 차 있다. 나는 신을 믿지 않지만, 우리에게 일어나는 모든 일은 내가 믿지 않는 신이 우리 품에 떠넘긴 것이라고 생각한다. 나는 모든 걸 생각하고, 그 반대도 생각한다. 생각해 보면 아마도 우리는 서로가 서로에게 던져버린 이 생애 안에 있는 것 같다. 나는 가장 위대한 기술은 거리두기의 기술이라고 생각한다. 너무 가까우면 불타오르고, 너무 멀면 얼어붙는다. 정확한 지점을 찾아서 유지하는 법을 배워야 한다. 그건 현실 속의 모든 배움처럼 비용을 치러야만 배울 수 있다. 알기 위해서는 대가를 내야 한다. 어린 시절의 첫 번째 교훈도 그것이다. 나는 시계의 문자반에서 시간을 읽는 법을 그런 방식으로 배웠다. 세 살, 정확히 세 살 반 때였다. 한 달 동안 어머니는 매일 두 시간씩 사라졌다. 어머니가 어디에 갔는지 전혀 알지 못했고, 아버지는 그 일에 대해 일언반구도 하지 않았다. 그런 날들이 계속되는 동안 아버지의 표정은 이상했고, 나는 두려웠다. 아무것도 이해하지 못했다. 어머니가 돌아오지 않으면 아버지는 내게 시계를 보여주며 말했다. 잘 봐, 작은 바늘이 여기로 움직이고 큰 바늘이 여기로 오면 여느 때처럼 엄마가 웃으며 들어올 거야. 나는 내면의 결핍과 고통으로 시간 읽는 법을 배웠고, 다른 것들도 그렇게 배웠다. 나는 고통을 좋아하지 않는다. 앞으로도 절대 좋아하지 않을 것이다. 그러나 고통이 훌륭한 교사라는 사실은 아주 잘 안다. 우리는 우리와 가까워진 사람들을 죽이느라 세월을 보내고, 우리 역시 죽임을 당한다. 은총은 지혜와 기쁨과 온유함을 유지하며 이 모든 죽음을 극복하는 데서 온다. 시커멓게 불타버린 숲속의 앵무새처럼, 은총은 죽어버린 삶이라 해도 그 속에 있다. 누구도 아닌 나의 신이여, 나에게 매일 일상의 노래를 주소서. 어릿광대이신 나의 신이여, 경의를 표합니다. 나는 당신을 전혀 생각하지 않지만, 그 밖의 모든 것을 생각합니다. 그걸로 이미 충분합니다. 아멘.

일주일 후에 마음에 드는 스튜디오를 발견한다. 그곳에

캐리어와 가방을 놓고 저녁을 보내다가, 그 집이 비어 있지 않다는 사실을 깨닫는다. 그곳은 로망과 괴물과 나로 가득 차 있다. 이미지들이 흘러들어 온다. 어떤 이미지는 맑고 투명하며, 어떤 이미지는 비통하다. 그래서 빈방에 들어가는 건 불가능하다. 우리의 영혼은 언제나 우리보다 앞서간다. 나는 여행 가방을 다시 들고, 어머니에게 전화한다. 한 달간 휴식을 취하며 무덤들이 보이는 유년의 방에서 잠을 잘 생각이다. 그게 내게 좋을 것이다. 수도를 떠난다. 기차는 교외의 잿더미를 가로질러, 고운 천 같은 땅을 찢으며 달린다. 그 끝의 작은 역. 더 멀리, 집 한 채. 그 집 역시 비어 있지 않다. 그곳에서 나를 기다리는 것이 무엇인지 알고 있다. 그건 약간의 평화와 단순한 기쁨, 흔하디흔한 공기다. 티타티티타티, 타타티타타티.

레베카, 옷을 벗어라. 너는 더 이상 결혼한 여자가 아니다. 성경 혹은 탈무드에 나오는 구절이다. 어느 학술서의 서두에 있던 이 문장이 떠오른다. 책 내용은 모두 잊어버렸지만 이 글은 기억하고 있다. 오늘 이 문장이 내 옆에서 뛰어다니는 참새처럼 부모님의 집 문 앞까지 동행하며 내게 돌아온다. **레베카, 옷을 벗어라. 너는 더 이상 결혼한 여자가 아니다.** 꽃집 주인은 손에 수세미를 든 채 나를 만나러 현관 복도로 나온다. 그는 집에 혼자 남아 설거지를 하는 중이다. 법원에 간 어머니는 저녁에 돌아올 예정이다. 쌍둥이들은 여전히 거울의 삶을 살고 있단다. 이미 면허증을 가지고 있던 녀석이 도무지 후진 주차를 할 수 없었던 다른 녀석의 신분증을 가지고 가서 대신 면허증을 따주었지 뭐냐. 속임수가 드러났지만, 다행히 무거운 벌금형에 그쳤어. 그러면 아버지는요? 네 아버지야 묘지에 계시지. 아버지가 어디에 있을 거라고 생각한 거니? 꽃집 주인이 말한다. 나는 어릴 때 쓰던 방으로 가서 침대에 짐을 던지고 부엌으로 내려가, 햄, 파테, 정어리를 먹어 치운다. 그러고도 여전히 배가 고파서 냄비에 파스타 끓일 물을 붓는다. 어머니가 예전에 파스타 면을 알덴테로 익히는 방법을 알려주었다. 가끔씩 냄비에 포크를 넣어 파스타 면을 꺼내고 벽에 던지면 된다. 면이 벽에 붙으면 즉시 불을 끈다. 면을 던지는 순간, 때마침 아버지가 문을 열고, 파스타 면이 얼굴을 정통으로 때리기 직전에 그곳을 아슬아슬하게 벗어난다. 아버지의 심기가 불편해 보인다. 자, 이제 다시 10년 전이다. 나는 결혼 학교에서 안 좋은 성적표를 받았다. 선생인 로망은 내게 만족하지 않는다. 그뿐 아니라 내가 좀 더 노력할 수 있었을 것이라 생각한다. 그러나 그러지는 못했을 것 같다. 나는 다른 과목들, 웃음과 꿈과 잠에서는 우수한 성적을 거두지만 결혼에서는 아니다. 모든 것에 재능을 타고날 수는 없다. 아버지는 늘 그랬듯이 선생님들의 의견과 같다. 더구나 아버지, 교사, 남편, 이 세 명에게는 공통된 무언가가 있다. 오, 신이시여, 우리를 시험으로부터 그리고 우리에게 시험을 치게 하는 자들로부터 보호하소서. 아버지에게 어머니가 돌아오는 저녁때 자세히 얘기하겠다고 말하자 꽃집 주인과 아버지는 당황한 표정으로 서로 바라본다. 꽃집 주인은 자신의 꽃들에게로 돌아가고, 아버지는 그의 죽은 자들에게로 돌아간다. 오후를 집에서 혼자 보낸다. 혼자인 기쁨을 맛본 지 얼마나 되었던가? 혼자 침대에 누워 있는 시간은 사랑이 처음 시작되는 순간처럼 달콤하다. 그날 저녁, 웃고 있는 어머니와 못마땅해하는 아버지 앞에서 내 결혼 생활이 끝났음을 알린다. 괴물에 대해선 한마디도 하지 않는다. 그건 그들이 상관할 일이 아니다. 게다가 그들에게는 꽃집 주인이 있지 않은가. 레베카는 웨딩드레스를 벗는다. 레베카는 차가운 화이트와인 석 잔을 비운다. 레베카는 몇 주 동안 푹 쉬겠다고 생각한다. 결혼과 이혼에는 너무 많은 일이 따라와서 녹초가 되어버린다.

다음 날, 로망이 도착한다. 나는 그 시간에 어머니와 시장에 있다. 그는 무덤들 틈에서 나를 찾다가 아버지를 발견하고 여자들의 가벼움에 대해 이야기를 나눈다. 조금 시간이 흐른 후에, 아버지는 그에 대한 속내를 털어놓는다. 그 친구는 별로 호감 가는 타입이 아니야. 널 기다리면서 담배 한 갑을 다 피우질 않나, 내가 파놓은 구덩이에 꽁초를 던지질 않나. 버릇이 없어서 기분이 상했지 뭐냐. 사랑의 슬픔이 크면 무슨 짓을 못 하겠느냐만, 그놈은 슬퍼서 그런 행동을 한 게 아니야. 그 시각, 내가 돌아왔다는 사실에 들뜬 어머니는 시장 광장에서 친구들에게 나를 소개했다. 내 어머니는 자식들이 무엇을 하든 언제나 기뻐했을 것이다. 그들이 들어오든 나가든, 법정에 가든, 시청에 가든. 우리가 천사가 아니라는 사실을 그녀는 아주 잘 알고 있다. 하지만 그건 그녀 혼자만의 비밀로 남아 있을 뿐이다. 누가 됐건, 제아무리 남편이라고 할지라도, 우리의 행동을 조금이라도 비난하는 건 있을 수 없는 일이다. 우리를 비판할 권리를 가진 사람은 오직 그녀뿐이다. 그것이 엄마로서 그녀의 특권이며, 그 특권을 결코 사용하지 않는 것이 그녀의 배포다. 어쩌면 그것이 가치 있는 유일한 사랑일지도 모른다. 그러나 사랑이라는 화두에 대해 내게는 질문만 있을 뿐, 답을 얻지 못한 지 오래되었다. 오래되었다는 뜻을 지닌 '벨뤼레트'라는 단어는 사랑에 빠진 여자에게 어울리는 아름다운 이름이 되지 않을까. 지금 로망 앞에는 사랑에 빠진 여자가 없다. 로망 케르보크의 부인도 없다. 그의 앞에 있는 여자는 레베카다. 그녀에게는 이제 웨딩드레스가 없다. 그 대신 어릴 때 입던 주름치마를 다시 찾았다. 그녀는 사람들이 그녀를 향해 불러대는 노래를 전혀 이해하지 못한다. 물론 불평과 협박이 뒤섞인 이 노래에서 이해해야 할 것은 전혀 없다. 부모님은 아래층에 있지만, 아마도 우리가 하는 말을 들었을 것이다. 나는 로망을 내 방으로 데려왔다. 창문이 열려 있다. 죽은 자들도 들었을 것이다.

한 시간, 두 시간, 같은 곡을 계속 듣는다. 내가 듣는 곡은 바흐가 아니라 비제의 <카르멘>이다. '당신이 나를 사랑하지 않아도, 나는 당신을 사랑할 수 있죠. 내가 당신을 사랑한다면, 조심하세요.' 앞서 나간 감은 있지만, 작가인 로망이 불륜녀 구름에게 한 말을 뭉뚱그려 표현한 것이다. 구름은 로망이 처음 몇 달 동안 내게 주었던 이름이다. 내게 남은 유일한 그리움은 그 이름뿐이다. 이제 나를 그렇게 불러줄 사람은 아무도 없을 것이다. 로망의 논점과 주장과 강조점과 결론은 "구름, 나는 너 없이 살 수 없어"였다. 구름과 케르보크 부인과 레베카는 바로 수긍한다. 그들이 수긍하는 방식은 웃음을 터뜨리는 것이다. "하지만 로망, 착한 로망, 내 오랜 친구 로망, 그게 사랑과 무슨 상관이 있어? 우리는 당신이 없으면 괴롭다는 이유만으로 누군가와 함께할 수는 없어. 적어도 그 사람이 자식이나 어머니가 아니라면 말이야. 로망, 나는 당신 엄마가 아니야. 그리고 더는 당신의 아내가 되고 싶지 않아. 우리가 함께 살아온 것들로 나는 충분히 행복해. 비록 '함께'라는 말이 맞는지는 확신할 수 없지만 말이야. 나는 지금 행복해. 그리고 난 떠날 거야. 저기를 좀 봐. ― 난 그에게 무덤들을 보여준다. ― 저들은 찾는 일을 끝마쳤고, 마침내 찾았지. 나는 찾지 못했어, 로망. 그리고 내가 없다고 할 수 없는 일도 없고, 내가 없다고 살 수 없는 사람도 없어."

그는 계단을 내려가 내 부모를 쳐다보지도 않은 채 그들 앞을 쌩하니 지나고, 거리로 나가 차에 올라탄다. 나는 현관문에 서 있다가 자동차 시동이 걸리기도 전에 곧바로 거실로 돌아온다. 나의 늑대를 통해 깨달은 것이 있다. 눈에 비치는 모든 사람들이 그들의 죽음을 향해 가고 있으며, 그들이 다가오는 것 같을 때라도 실은 우리에게서 멀어진다는 것과, 모든 건 처음부터 사라지며 소멸해 간다는 것이다. 이런 생각으로 절망할 필요는 전혀 없다. 그건 단순한 생각이다. 그 때문에 오히려 주저하지 않고 사랑할 수 있으며, 그 생각으로 나는 이 순간에도 노래 부를 수 있다.

그런데 딸아, 너는 좀 사근사근한 맛이 없어. 어머니가 내게 말한다. 나는 미소를 지으며 그녀를 본다. 그런데 엄마, 날 그렇게 키운 사람이 누군데요? 이제 목욕을 해야겠다. 풍성한 거품을 내서.

죽음. 나는 이틀 동안 죽은 상태였다. 일찍 일어나 샤워를 하고 향수를 뿌리고, 겨울이지만 여름 원피스를 골라 입었다. 그렇게 추운 날씨는 아니었던 데다가 가볍고 화려한 천에 대한 갈망이 있었다. 늘 **때에 맞게** 옷을 차려입는 것보다 슬픈 일은 없다. **걸맞지 않는** 말이나 행동은 결코 하지 않는 사람들보다 더 안타까운 일은 없다. 로망의 부모가 그런 사람이었다. 모범생이었고, 달달 외운 교과서처럼 인생을 암기하며, 사소한 실수도 절대 저지르지 않았다. 세상에 전혀 적응하지 못하는 것과 모든 면에서 잘 적응하며 사는 것, 미친 사람들 혹은 예의 바르며 관례를 잘 따르는 사람들, 이 중에 무엇이 최악인지 잘 모르겠다. 나는 미치광이들을 별로 무서워하지 않으며, 그들이 훨씬 덜 위험하다고 생각한다. 그래서 겨울의 목요일에 여름의 여느 일요일처럼 옷을 입었다. 밖에 나가서 사야 할 게 몇 가지 있었다. 뚱보를 위한 건전지, 신문, 과일. 나는 한밤중에 배가 자주 고프지만, 호텔 주방에서 먹을 수는 없는 일이다. 그래서 바나나를 사야겠다고 생각했다. 바나나가 좋은 이유는 약간 밍

밍한 맛 때문이 아니라 단지 껍질을 까기 쉬워서다. 나는 오렌지를 좋아하지만 껍질을 까고 싶지는 않다. 칼을 들고 껍질에 홈을 내고 조각조각 떼어내다 보면, 껍질 밑의 얇은 흰 실들이 끈적거리는 손에 군데군데 묻고 손톱 사이에도 낀다. 바나나는 그런 수고가 덜하다. 오렌지 이야기는 하나의 예시일 뿐이지만 단순한 예시만은 아니다. 많은 것들이 게으름이라는 단 하나의 이유만으로 내 삶에 들어오거나 문턱에 걸쳐 있다. 그런 면에서는 내가 어머니보다 더 심하다. 과일, 건전지, 신문, 그리고 이틀 후 생일인 쌍둥이들을 위한 선물. 내게는 호텔 밖으로 나가야 할 이유가 있었고, 그 이유와 어울리는 옷이 있었다. 나는 붉은 카펫이 깔린 복도에서 몇 걸음을 뗐다가, 뛰어서 방으로 돌아왔다. 그러고는 열쇠로 방문을 잠그고 침대에 누워 이틀을 꼬박 일어나지 않았다. 그건 내가 죽음이라고 부르는 것인데, 가끔 그런 상태가 된다. 더는 보지 않고, 말하지 않고, 아무것도 하지 않는 시간들. 이틀은 긴 시간이 아니다. 호텔에서 지내는 모든 시간을 이렇게 보낼 수도 있었을 것이다. 그러나 글쓰기는 이런 나태함에 어김없이 제동을 걸었고, 적절한 비율을 유지하게 해주었다.

죽음 이후 침대에서 일어났을 때는 다시 젊어진 기분이었다. 나는 내가 놓아버렸던 바로 그 지점에서 시간의 실을 다시 붙잡았다. 쇼핑을 했고, **나의** 할머니를 보기 위해 요양원을 다시 찾았다. 큰 홀에서는 생일 파티가 한창이었다. 시끄러운 음악, 거품이 가득한 플라스틱 컵들. 춤을 추는 사람들도 있었지만, 대부분은 그들을 바라보며 앉아 있었다. 생일잔치의 주인공은 막 아흔다섯 살이 되었다. 그녀를 둘러싼 간호사들은 아주 큰 소리로 말을 건넸다. 주인공은 자신의 잔에 비스킷을 적셨고, 입으로 가져가는 동안 비스킷 절반을 보라색 꽃무늬 치마 위에 떨어뜨렸다. 나는 늙는 것이 두렵다. 남자들이 이 두려움을 알고 있는지 궁금하다. 남자들은 어머니 그리고 아내와 같은 여자들에 의해 많은 것들로부터 보호받는다. 나의 노부인은 홀에 있지 않았다. 간호사가 그녀의 방 번호를 알려주면서 내게 말했다. 가족분이신가요? 나는 그렇다고 대답했다. 그러면 알아두셔야 하는데요, 할머니 상태가 매우 좋지 않아요. 할머니 정신이 온전치 않다는 것을 1~2주 전에 알아챘어요. 안타깝지만 전문 기관에 입원시켜야 할 것 같아요.

방문을 여러 번 두드려도 답은 통 없었다. 방으로 들어서자, 떨리는 손으로 머리를 부여잡은 채 창문 옆 안락의자에 앉아 있는 노부인이 보였다. 그녀는 소리 없이 울고 있었다. 눈물이 눈에서 손으로 일정한 간격으로 부드럽게 흘러내렸다. 나는 무릎을 꿇고 내 손을 그녀의 손에 얹었다. 노부인은 나를 알아보았다. 눈물의 이유는 묻지 않았다. 이유는 없다. 아니면 너무 많거나. 노부인과 작별하는 순간에 로망의 얼굴이 떠올랐다. 거기, 내 유년 시절의 방만큼이나 좁고 오래된 이 방에서 노부인이 흘린 눈물은 로망의 눈물과는 달랐다. 다른 성질의 소금과 물이다. 로망은 인형이 망가져서 우는 아이처럼 조각난 자신의 마음 때문에 흐느꼈다. 그의 눈물은 무언가를 요구했다. 노부인은 아무것도 요구하지 않았다. 비명을 지르기 위한 것도 아니었다. 그녀의 눈물은 이슬이나 피처럼 아무 의미가 없었다. 내가 틀렸다. 그녀는 나를 알아보지 못했다. 나는 그녀에게 친숙한 얼굴이었지만 그녀가 보는 건 내가 아니었다. 그녀는 나를 제레미라고 불렀다. 제레미, 네가 돌아왔구나. 드디어 네 드럼 스틱을 하늘 저편에 두고 왔구나. 제레미, 너는 그다지 좋은 천사가 아니야. 네가 어찌나 끊임없이 드럼을 쳐대는지 귀가 너무 아팠어. 넌 드럼을 치기보다는 나를 더 자주, 더 잘 돌봐야 했어. 지금은 기쁘기 그지없구나. 내 수호천사를 다시 찾았으니 말이야. 어제 텔레비전에서 널 보았어. 네가 크렘린궁 앞의 붉은 광장에서 사방치기 놀이를 하고 있더라. 그러더니 네가 샛노란 돔 위로 날아갔어. 제레미, 내게 모스크바에 대해 말해다오. 그 나라 이야기를 해줘. 정말 아름다운 나라일 거 같아.

그래서 나는 그녀에게 내가 전혀 가본 적 없는 러시아 이야기를 해주었다. 나무, 거리, 집, 얼굴들, 하늘, 그리고 다시 나무들에 대해.

가벼운 마음으로 춤추듯 호텔로 돌아왔다. 내 인생에서 처음으로 계획을 세운 참이다. 계획을 세우는 건 재미있고 간단하고 쉬웠다. 그 계획은 1~2주 안에 글을 마치고, 나의 그늘에 안녕을 고하는 것이었다.

나는 스물일곱 살이다. 부모님은 내가 마치 일곱 살 난 아이인 양 나를 두고 언쟁을 한다. 아래층 정원에서 아버지 목소리가 들린다. 그가 어머니에게 일장 설교를 늘어놓고 있다. 인생이 얼마나 고단한지를 말하고, 방에서 소설 나부랭이나 읽으며 하루하루를 보내는 스물일곱 살의 멍청한 년을 이렇게 계속 먹여 살릴 수는 없다는 사실을 일깨운다. 아버지가 그런 말을 하는 동안 어머니는 아무 소리도 내지 않는다. 그건 어머니가 터지는 웃음을 참고 있다는 신호다. 급기야 아버지가 노동의 미덕에 대해 줄줄 늘어놓는 도중에 폭소가 터진다. 부모님 집에서 지낸 지 여섯 달이 되었다. 이런 광경이 일주일에 한 번꼴로 펼쳐진 지 6개월째다. 주로 토요일에 이런 일이 벌어진다. 그 장면은 오래 지속되기도 했다. 나는 어머니의 날개 아래서 편안함을 느낀다. 나는 안온한 그곳에 있다. 어머니는 자신의 일을 멋지게 해낸다. 어머니들의 일, 그건 아버지들의 어두운 기운으로부터 아이들을 보호하는 것이다. 그러면 아버지들은 어떠한가? 그들의 일도 본질은 같다는 생각이 든다. 아버지들이 존재하는 까닭은 어머니들의 과도한 광기로부터 아이들을 지키기 위해서다. 내 경우에는 어느 한쪽, 어머니의 일을 통해서만 효과를 보는 듯하다. 왜인지는 모르겠다. 어쩌면 부부 중 **온전한** 사람은 한 명뿐이며, 둘 다 온전한 경우는 없기 때문이 아닐까? 두 번째 사람은 불만을 표하거나 웃으며 뒤따르겠지만, 자기 힘의 일부가 떨어져 나간 상태로 다른 한쪽을 따라갈 뿐이다. 부부로 산다는 건 불가능한 다른 모든 일처럼 어려운 일이다. 사실 무엇이 되느냐는 중요하지 않으며, 나를 기쁘게 하는 걸로 충분하다. 내게는 비밀이 하나 있다. 삶이 나를 정말로 사랑한다는 것이다. 삶은 언제나 내가 그것을 잊으려는 찰나에 나를 만나러 온다. 그러니 무엇 하러 인생을 걱정하겠는가?

최소 칠팔백 페이지가 넘는 두꺼운 책들을 골라 탐독한다. 독서하느라 보낸 시간은 실제 시간이 아니다. 한 페이지에서 다음 페이지로 넘어가면서, 국경을 넘고 잠들어 있는 집들로 들어간다. 책을 읽는 사람은 내 안의 가출 소녀다. 마지막 문장에 이르기 전까지는, 첫 장을 읽을 때는 파랬으나 지금은 어두워진 하늘로 고개를 들어 올릴 때까지는, 어떤 경찰도 그녀를 찾지 못한다. 나는 스물일곱 살이지만 독자들은 나이가 없다. 펼친 책 앞에는 밤 10시가 훌쩍 넘도록 골목에서 놀고 있는 어린 시절만 남아 있을 뿐이다.

안나와 함께 사흘 밤낮을 보낸다. 909페이지 속의 안나

카레니나. 그녀와 젊은 브론스키는 처음 만났을 때 브론스키를 사랑하는 키티의 눈앞에서 춤을 춘다. 나는 세 사람을 본다. 자신들의 욕망을 모르고, 이 장면이 장차 어떤 파국을 낳을지 알지 못하는 연인들을. 니키틴 궁전의 반쯤 열린 창문 너머로 낮은 오케스트라 소리와 저녁으로 당근 샐러드와 치커리 그라탕 중 뭘 먹고 싶은지 묻는 어머니 목소리가 뒤엉켜 들려온다. 나는 이 방에서, 그리고 꿈과 현실이 뒤섞인 물속에서 이렇게 인생을 보낼 수도 있었을 것이다. 책 속의 그림자들이 사무치게 좋다. 그들 품 안에서 나를 끌어낼 수 있는 자는 아무도 없다.

묘지로 들어가는 사람들은 열두어 명의 그림자들뿐이다. 그들은 아버지에게 가서 시청에서 발급받은 스릴러 영화 촬영 허가서를 내민다. 장례식 장면, 20초 분량의 이미지, 사흘 동안의 촬영. 별것 아닌 장면을 위해 많은 시간을 쏟는 작업. 이것이 내가 영화에 대해 알게 된 첫 번째 지식인데, 썩 마음에 든다. 아버지는 처음에는 놀라다가 곧 기뻐하고, 종내 기분이 상한다. 아버지에게 이것저것 오래 물어보던 감독이 결국은 다른 배우에게 아버지 대신 무덤을 파는 역할을 해달라고 요청했기 때문이다. 나는 아버지보다 운이 좋아서 엑스트라 역할을 딴다. 구덩이 가장자리로 가서 그 안에 노란 장미를 던지는 사람들 중 한 명이다. 꽃집 주인은 두 시간 만에 일주일 치 매상을 올린다. 영화 내용에 대해서는 아는 바가 전혀 없다. 우리는 마을에서 매우 사랑을 받던

한 여자를 위해 울도록 요청받았다. 같은 장면을 네 번 연속 다시 촬영한다. 네 번 연속 내 마음은 부서지고, 내 눈은 눈물로 흐려진다. 처음 촬영 때는 로망이, 두 번째는 아버지가 관에 누워 있다고 생각한다. 나머지 두 번의 촬영에선 안나와 그녀의 젊은 군인을 위해 눈물을 흘린다.

촬영 중간중간, 나는 이 사람 저 사람에게 간다. 감독한테는 접근할 엄두가 안 난다. 작고 뚱뚱한 스태프 한 명이 내 이름과 주소를 적으며 다른 단역이 필요할 때 연락을 주겠다고 약속한다.

석 달 후 전화가 왔다. 마르세유 근처에서 시대극을 찍는 촬영팀에 합류해야 하는데, 어쩌면 대사를 하나 해야 할 수도 있다. "선생님, 모자를 잊으셨습니다"라는 대사다. 나는 그 문장을 밤새도록 반복하고, 행복에 겨워 가방을 꾸린다. 시간의 매듭이 묶인 순간이다. 영화와 서커스는 분장할 때 느끼는 즐거움도 동일하고, 연기도 똑같이 중요하다.

다른 단역 배우들은 내가 운이 아주 좋다고 말한다. 사실 모든 게 빠르게 진행되고 있다. 마르세유, 루앙, 파리 등, 출연 제안이 계속 들어와서 더 이상은 출연 부탁을 할 필요가 없어진다. 사람들은 그런 일이 이 업계에서 아주 드문 일이라고 단언한다. 그들이 하는 말이 이해가 안 된다. 어쩌면 행운이란 지금껏 깨닫지 못했고 심지어 자신한테 그런 게 있다는 사실을 알지 못했어도, 자신에게 이미 내재되어 있었던 어떤 것 아닐까.

나는 내가 배우라고 생각하지 않는다. 나는 엑스트라다. 급여명세서에 그렇게 적혀 있다. 배우는 이야기 안에 있고, 엑스트라는 밖에 있다. 그들은 극 속의 사건들에 살짝 스칠 뿐, 그 안으로는 결코 들어가지 않는다. 내가 하는 일은 휴가 중인 영국인, 변호사 비서, 상점 손님 등 그들이 원하는 사람이 되는 것이다. 어려운 일이 아니라서 누구나 할 수 있다. 이를테면 당신은 조명 속에서 앞으로 나아가고, 사람들은 당신이 다가오는 것을 바라본다. 그렇게 움직이는 사람은 당신이 아니라, 당신 안의 다른 인물이다. 일보다는 쉬는 시간이 훨씬 많다. 진정한 축복이 아닐 수 없다.

가방 속에 낡은 검정 가죽 주소록이 있다. 주소록 안에는 유명인 몇 명과 무명의 많은 사람들이 있다. 친구들도 있다. 나는 **영화계 대가족의 일원**이다. 단체 사진에서 앞 사람에 얼굴이 반쯤 가려진, 그다지 중요하지 않은 사람이란 걸 한눈에 알 수 있는 갈색 머리의 키 작은 여자가 나다. 사람들은 나를 거의 보지 않으나 그건 중요하지 않다. 나는 그곳의 일원으로 받아들여진 환영받는 존재다.

우리를 사랑하는 사람들은 우리를 미워하는 사람보다 훨씬 더 위험하다. 그들에게 저항하는 건 훨씬 어렵다. 당신이 원하는 것과 반대로 하도록 당신을 이끄는 데 있어서 친구보다 더 좋은 것은 없다. 친구야, 이 역할을 받아들여야 해, 이 약속은 반드시 가야 해. 이런 제안을 거절하기는 힘들다.

지금까지 내 직감에만 귀를 기울였다. 이제 나는 그것을 **직감**이라 부르지 않는다. 내가 나에게 **나의 수호천사**라고 말한다. 나의 수호천사는 자폐증을 지닌 늑대 아이다. 그는 나를 때때로 침묵하게 하고, 도망가게 하며, 비사교적인 사람으로 만든다. 그것이 나를 보살피는 그의 방식이다. 나의 수호천사는 내 방랑의 여정을 따라다녔고, 내 어깨 너머로 책을 읽어주었다. 로망의 품에서, 그리고 괴물의 품에서 나를 끌어낸 것도 그다. 그리고 그를 잃었다. 그가 어디 있는지 몰라서 되는대로 행동하기 시작한다. 내 사랑, 내 소중한 이야, 아무것도 거절하면 안 돼. 사다리를 한 발 한 발 올라가야 해. 꼭대기에 이르면 그때는 사다리를 차버릴 수 있어. 한 발 한 발 올라가는 동안 까다롭게 굴지 않을 거지? 아니, 난 까다롭게 굴지 않고 모든 걸 꿀꺽 삼킨다. 계약서와 약속과 아첨들을 삼킨다. 나는 사다리를 올라가고, 시간이 흐른다. 내가 나의 본질과 멀어져 있다는 사실만 제외하면 모든 것이 괜찮다. 마음과 머릿속에서 무언가가 굳어가고 있다. 그건 마치 알코올과 진정제를 혼합한 듯한, 성공이 가져다준 효과 때문일 것이다. 작은 성공이라는 걸 인정한다. 나는 엑스트라와 배우를 구분하는 선을 간신히 넘어섰다. 4년의 경력 끝에 내가 맡은 가장 큰 역할은 3분 27초 동안 지속

된다. 그러나 작은 성공은 없다. 나는 로망이 자비로 첫 책을 출간했을 때의 긍지를 기억한다. 비록 서점에서 찾아볼 수는 없어도, 문학의 거장이 태어난 순간이었다. 우리는 약간의 건초로도 기뻐하는 당나귀들이다. 우리는 가볍게 부는 바람을 몸에 걸친 그림자들이다.

세계는 스크린처럼 평평하고, 나는 중국 그림자극의 일부이며 유령들과만 친교를 나눈다. 배우들은 서로 많은 포옹을 하지만, 그보다는 서로를 훨씬 더 미워하는 사람들이다. 배우는 당신과 나처럼 불쌍한 사람들이다. 항상 거울을 찾고, 항상 같은 질문을 자신에게 던진다. 거울아, 말해줘. 네 솔직한 말을 견디진 못하겠지만, 그래도 솔직히 말해줘. 사람들이 나를 정말로 사랑하니? 나를 여전히 사랑하니? 배우는 카메라의 태양 아래서 자라는 여리디여린 커다란 꽃이며, 신문을 읽으면서 시들어 버린다. 기자들이야말로 이 세계의 진정한 왕이다. 늘 열에 들떠 있고, 미완성인 상태로, 한순간도 헛되이 보내지 않는 이 세계의 왕들. 그들의 삶은 노예와 다를 바 없다. 기자들은 당신과 나처럼 잘 잊어버리고 수다스러운 사람들이다. 세월은 흐르고, 거울들은 자신의 일을 하고, 돈이 따라간다. 그 시절을 돌이켜 볼 때 기억나는 이야기는 두 가지뿐이다. 두 이야기는 내 안에 소중히 간직하고 있다. 웃음 짓게 하면서 동시에 생각하게 만드는 것들을 나는 늘 내 안에 간직했다. 나머지 것들로는 뭘 해야 할지 모르겠다. 그냥 버리는 것 같다. 추억하는 건 나의 장

점이 아니다.

첫 번째 이야기는 감독과 함께 초대받은 라디오 스튜디오에서 시작한다. 기자는 크고 동그란 눈을 가진 키 작은 남자로, 자신의 발언을 일일이 강조하기 위해 개구리처럼 의자 위에서 펄쩍펄쩍 뛴다. 그는 감독의 영화를 조롱하면서 요약하고, 차근차근 난도질한다. 그런데 감독님, 존경하는 감독님,.어쩜 그렇게 유치하고 재능의 바닥을 다 드러낼 수가 있죠? 감독님 영화는 어찌나 졸렬한지 경이로울 정도예요. 교과서에 나올 만한 사례라니까요. 그러면서 자신의 박학다식함을 늘어놓고 위대한 영화 이론가들을 줄줄 인용하며 의자 위에서 팔짝팔짝 뛴다. 감독은 그런 기자 앞에서 웃기만 할 뿐이다. 녹화가 끝나자, 기자는 갑자기 다정하게 굴며 우리를 점심에 초대한다. 감독은 잠시 망설이다가 이내 수락한다. 스튜디오를 떠나기 전, 기자는 텅 빈 탁자 주위를 돈다. 세어 보니, 무려 네 바퀴다. 그러면서 손바닥으로 탁자를 치고 낮은 목소리로 끊임없이 '좋았어, 중요한 것*은 잊지 않았어. 남겨둔 건 아무것도 없어. 좋아, 좋아, 좋아, 좋아, 좋아'라고 반복해서 중얼거린다. 식사가 끝난 후, 식당에서도 똑같은 서커스가 벌어진다. 어수선한 탁자 주위를 펄쩍펄쩍 뛰기, 밑에 뭔가가 남아 있을 경우를 대비해 접시를 하나하나 들어 올리는 손. 단조롭게 이어지는 중얼거림. 나는 아무것도 남겨두지 않아. 봐봐, 열쇠는 주머니에 있잖아,

* 원문에 쓰인 단어 la clé는 '열쇠'라는 뜻도 있다.

난 아무것도 잊어버리지 않아, 좋아, 좋아, 좋아, 좋아. 나는 그날 어떤 이들의 자아도취가 어디서 왔는지, 그리고 그런 감정 이면에 숨겨진 것이 얼마나 비참한지, 세상 속에서 자신의 무언가를 잃어버리는 것이 얼마나 끔찍한지 깨달았다. 후에, 그 기자와 비슷한 작은 거장들을 만나면 속으로 그들을 열쇠 관리인이라고 불렀다. 그들의 말이 아무리 훌륭해도 나는 냉랭했다. 나는 그 말의 기저에 무엇이 깔려 있는지, 그리고 그들의 말이 겁 많은 개구리의 뺨을 부풀리는 공기보다 하등 중요하지 않음을 잘 알고 있었다.

두 번째 이야기는 영화 제작자의 사무실에서 생긴 일이다. 그곳에서 어느 젊은 영화감독이 소리를 지르며 신문을 찢는다. 자기 영화가 막 개봉됐지만 그 영화를 언급하는 사람은 아무도 없다. 그는 음모라고 확신한다. 게다가 증거도 가지고 있다. 제작자는 웃으며 캐비닛을 열고, 위스키병과 잔 두 개를 꺼낸다. 그는 끼어들 틈을 찾으려, 신문들이 조각이 되고 가루가 되고 부스러기가 될 때까지 기다린다. 그런데 감독님, 지금 방향이 좀 잘못됐어요. 아무도 감독님에게 감정이 있지 않아요. 사람들이 감독님에게 악감정을 가지려면, 일단 감독님을 주목해야만 하죠. 그리고 이 세계, 음, 단지 영화계만 말하는 건 아니고 이 세상 전체를 말하는 건데, 잘 들어봐요. 온 세상, 이 세상에서는 누구도 다른 사람에게 관심을 두지 않아요. 감독님은 어떤 핍박의 대상도 아니고요. 그러니 과도한 상상은 그만둬요. 사람들이 감독님에게 악의가 있다고 생각하는 것보다는 그들의 무관심과 게으름 때문이라고 생각하는 게 훨씬 더 합리적이에요. 감독님 영화에 관심을 가지는 사람이 없다는 건 사실이지만, 그걸 사적인 이야기로 만들지는 말아요. 다시 말하지만, 어디에도 음모는 없어요. 다만 자연스럽고 보편적이고 뿌리 깊은 무관심과 자연스럽고 보편적이고 뿌리 깊은 게으름만 있을 뿐이죠. 감독님이 피해자라면 우리 모두가 피해자예요. 동시에 우리 모두가 가해자인 것처럼 말이죠. 흥분을 가라앉히고, 다음 영화로 넘어가요. 언론이든 대중이든 심지어 제작자들이라도 신경 쓰지 말고요. 감독님의 적은 오로지 이 둘뿐이에요. 우리 모두 똑같은 적을 가지고 있고요. 적들이 너무 강하다면, 그건 우리가 그들을 애써 도와주고 있기 때문이에요. 자연스럽고 보편적이고 뿌리 깊은 무관심과 자연스럽고 보편적이고 뿌리 깊은 게으름이란 적을 말이죠.

진작 알았어야 했다. 내 수호천사가 돌아온다는 것을. 그리고 공항이 아니라면, 그가 어디로 돌아올 수 있었을까? 마침내 진짜 배역을 제안받았다. 이제 사다리를 한 번에 여러 칸 오를 일만 남았다. 촬영은 캐나다에서 있을 예정이다. 그런데 탑승 직전에 끔찍한 두통이 시작되고, 나는 그 자리에서 옴짝달싹 못 한다. 나를 그렇게 만든 건 다리를 질질 끌며 내 머릿속으로 들어와 마침내 자기 자리, 귓속에 있는 진짜 자리를 다시 찾은 나의 수호천사다. 아니야. 아니, 아

니, 아니야. 캐나다가 아니라고. 영화도 유령도 이젠 아니야. 짐을 놔두고 쥐라로 가. 왜 쥐라인 거지? 토 달지 마. 나의 수호천사가 내게 말한다. 따져 묻지 마. 당장 쥐라로 날아가서 호텔 방을 잡고, 모든 이야기를 처음부터 쓰는 거야. 서커스, 중학교, 묘지. 그 모든 걸 백지 위에 검은 잉크로 기록해. 그 후에는? 그 후라니? 너는 네 비법과 암호와 주문을 잊은 거야?

아니, 난 잊어버리지 않았다.
그 후엔, 그때 생각하자.

주방으로 내려가서 호텔 주인에게 아침 식사를 만들어 달라고 부탁했다. 그가 웃었다. 곧 저녁 먹을 시간이라는 건 알아요? 시계를 보았다. 저녁 6시. 열여덟 시간을 내리 잤는데 그 사실을 까맣게 몰랐다.

만일 내가 나의 수호천사를 그린다면 빨간 머리에 약간 구겨진 흰 날개를 그에게 주고, 무엇보다 그가 주로 하는 일, 하품하는 모습을 보여줄 것이다. 내 수호천사의 일은 내게 강력한 수면 욕구를 주어서 세상으로부터 (그리고 나로부터) 나를 떼어놓는 것이다. 내게 새로운 삶이 오는 것은 언제나 잠을 통해서다. 무언가가 다가오지만, 그게 다가오는 순간 난 벌써 지치고 만다. 나는 전투가 시작되기 전에 전투를 하고, 전투가 벌어지기 전에 피로를 느끼는 군인과 같다. 그러다가 푹 쉬고 나면 모든 게 단순해진다. 실제로 일어난 전투는 아이의 놀이에 지나지 않는다.

피로, 느림, 잠은 언제나 나의 친구들이었다. 삶에서 아주 작은 행동도 내게는 언제나 막대하고 엄청난 힘을 필요로 했다. 그것을 성취하기 위해 온 세상을 들어 올려야 하고, 매번 새롭게 태어나야 할 것만 같았다. 나는 젖먹이들이 대부분의 시간을 잠을 자면서 보내는 까닭을 십분 이해한다. 아기들은 정말 힘든 일을 하니까. 그들은 현실이라는 한 방울을 빤다. 오로지 한 방울. 주름진 분홍 몸 전체로 그 한 방울을 빤다. 작고 동그란 눈으로 삼키고, 고양이 같이 작은 혀로 핥는다. 불 속으로 떨어지는 기름처럼 순백의 영혼으로 떨어지는, 아무것도 아니고 의구심 가득한 현실의 눈물, 현실 한 방울을. 그들은 빨다가 곧 지치고 압도되어 모든 걸 멈추고 모든 걸 중단한 채 잠의 시간으로 다시 떠나야 한다. 젖먹이들은 자면서 자란다. 조금씩 조금씩 눈에 띄지 않게 키가 크고, 몸무게가 늘고, 힘이 세진다. 귀는 두툼해지고, 입술의 떨림은 잦아들고, 눈은 놀라는 일이 줄어들어 주변을 더 침착하게 바라본다. 나의 천사가 옳았다. 나는 아무것도 하지 않으려 쥐라로 왔고, 성장했다. 글쓰기는 이 수면의 일부였다.

 탁자 위에 놓인 원고를 본다. 내게 결정 내릴 시간을 주고, 그 결정이 내 안에 스며들 수 있도록 이 원고를 썼다는 생각이 든다. 어쩌면 우리가 무언가를 하는 것은 결코 그 자체를 위한 것이 아니라, 단지 우리와 닮았을 다른 무언가에 다다를 시간을 스스로에게 주려고 하는 건지도 모른다. 내가 하려는 일은 나와 많이 닮았다. 그렇다. 내 천사는 정확하게 보았다. 나는 쥐라에서 어른이 되었고, 많은 성장을 했다. 전에는 불가능했다. 전에는 항상 누군가가 있었다. 부모, 남편, 친구들. 우리는 다른 사람들과 함께 성장할 수 없다. 우리는 그들이 우리에게 품은 사랑, 우리를 충분히 안다고 믿는 사랑에서 벗어나야만 성장할 수 있다. 우리는 그들에게 말하지 않을 것들을 할 때야 비로소 성장할 수 있다. 설사 그들에게 말한다 해도 이해하지 못할 것이다. 그런 것들은 보이지 않고, 붙잡을 수 없고, 그들이 던져준 사랑의 망토로 덮을 수 없으며, 우리 속에 머물러 우리의 일부를 이루기 때문이다. 그건 천사 혹은 늑대의 일부다. 내가 천사를 믿는지는 잘 모르겠다. 늑대는 존재한다. 심지어 두 번 존재한다. 숲에서 한 번, 언어의 숲과 같은 전설 속에서 또 한 번. 천사는 잘 모르겠다. 화집에서 천사들을 본 적이 있는데 잠옷을 입은 어린 소년의 모습이었다. 성경 이야기에도 나온다는 건 알고 있다. 천사가 실제로 존재한다고 가정하면, 그림과 성경은 그들에게 별장에 불과할 것이다. **나의** 할머니, 그녀는 단 한 순간도 천사의 존재를 의심하지 않는다. 내가 방문을 열고 들어갈 때마다 그녀는 천사를 본다. 아, 제레미, 날 보러 다시 왔구나. 네가 매일 오니 참 좋다.

다음 주에 노부인을 정신병원에 수용할 예정이라고 간호사가 알려주었다. 고통스러운 일이란 건 저도 알지만, 이곳에서는 더 이상 돌볼 수가 없어요. 낮에는 울고 밤에는 소리를 질러서 옆 방 사람들이 모두 불평하거든요. 나는 아무 말도 하지 않았다. 다만, 사람이나 돈에 동시에 사용하는 수용*이라는 단어가 재미있다고 생각했을 뿐이다. 며칠 전부터 요양원에 원고를 가져가서 그녀에게 읽어주고 있다. 생각해 보면 나와 함께 있을 때 노부인은 더는 거의 울지 않고, 오히려 웃는 경향이 있으며, 늑대, 괴물, 어릿광대 이야기를 해주는 자신의 수호천사를 재미있다고 여긴다. 간호사의 말에도 별로 걱정하지 않았다. 나는 이미 결정을 내린 상태였고 몇 가지 세부 사항들을 정리하기 시작했다. 우선, 돈이다. 생클로드에 있는 은행에 가서 내 계좌를 확인하고 모두 인출했다. 직원은 지점장을 불렀고, 그는 모든 자산을 현금으로 바꾸지 말라고 설득했다. 고객님, 자산 가치를 생각하신다면 펀드 몇 개는 가지고 있어야 해요. 게다가 수익이 아주 좋은 새로운 상품도 있어요. 고객인 내가 '괜찮아요'라고 거듭 대답해도, 지점장은 끈질기게 강요했다. 나는 그에게 라퐁텐 우화의 첫 이야기, 「개미와 매미」를 상기시켜 주었다. '개미는 절대 빌려주지 않으며, **그것이 개미의 가장 작은 결점**'이라고 말하는 이야기다. 지점장님, 개미들 입장에서는 끔찍한 문장이라고 생각하지 않으세요? 저는 매미예요. 그냥 매미로 계속 살래요. 그가 억지로 미소를 지었다. 그다음은 자동차다. 거래는 5분 만에 끝난다. 나는 성능과 파워와 안락함에 대해 늘어놓는 판매원의 말을 서둘러 끊었다. 내가 원하는 건 단지 타이어가 달린 최고급 라디오 카세트였다.

* 프랑스어 placement에는 투자라는 뜻도 있다.

노부인이 하루 종일 망상에 빠져 있는 건 아니다. 그녀는 가끔 나를 알아본다. 예를 들어, 어제는 나를 제레미아고 부르지 않았다. 그녀는 그곳에 있다는 사실에, 자기가 자기 자신인 것에 슬퍼하며 다시 울었다. 어쩌면 광기란 울 줄 모르는 사람의 눈물을 대신하는 것인지도 모른다. 그녀에게 내 계획을 알렸다. 이틀 후에 모시러 올게요. 우리 둘이 차를 타고 떠날 거예요. 아무한테도 알리지 않고요. 갈 곳을 정하는 사람은 그녀고, 나는 나머지를 맡을 생각이다. 호텔 예약, 가이드 북 찾아보기, 구경거리 찾기 같은 것들을. 노부인이 놀란 얼굴로 나를 바라보았고 몇 분 동안 아무 말도 하지 않았다. 거절할 거라고 생각했는데, 그녀가 코를 훌쩍이며 어린 소녀의 목소리로 물었다. 이탈리아도 가능할까? 물론, 가능했다. 그럼, 네덜란드는? 그것도 가능했다. 그녀는 다른 여러 나라 이름을 댔다. 모든 게 가능했다.

내일 그녀를 데리러 간다. 내가 방을 나갈 때 그녀가 소리쳤다. 이탈리아부터 갈 거야. 아니, 네덜란드부터! 그리고는 웃음을 터뜨렸다. 가볍고 수정처럼 맑은 웃음이었다. 이 웃음을 호텔까지 가지고 갔다. 이제야 깨달았다. 내가 왜 쥐라의 이 시골구석까지 왔는지를. 가끔은 일단 저질러야 한다. 이해하는 것은 그다음이다. 시간이 지난 후에야 비로소 그 일을 왜 했는지 깨닫게 된다.

그녀가 내 오른쪽 어깨에 머리를 기댄 채 잠들어 있다. 나는 풍경을 하나도 놓치지 않으려고 시속 60~70킬로미터로 천천히 달린다. 내 앞에는 튤립도 풍차도 없다. 겨우 리모주 근처의 상업 지구에 와 있을 뿐이다. 그러나 어디든 마찬가지다. 아름다움은 튤립 구근이나 풍차 날개에만 있는 것이 아니라 어디에서든 잠들어 있으니까. 아름다움이 내 오른쪽 어깨에 기대고 있다. 쭈글쭈글한 얼굴 위로 떠오른 미소 속에 아름다움이 있다. 아침에 그녀를 데리러 갔을 때, 여행 장소를 변경해도 내가 전혀 개의치 않는다는 걸 알고 나서 노부인의 얼굴에 미소가 떠나지 않았다. 아, 제레미, 제레미, 밤새 눈을 감지 못했어. 여행을 간다니 너무 설레서 말이야. 생각이 바뀌었는데, 그래도 괜찮은지 말해줘. 네덜란드에 가는 건 기다릴 수 있어. 나라는 사람들과 달리 하루 아침에 사라지거나 증발해 버리진 않아. 그러니까 더 나중에 갈 거야. 결국 못 갈 수도 있겠지. 제레미, 내가 정말 원하는 걸 말해줄게. 나는 그런 걸 말하는 데 익숙하지 않아. 그보다는 오히려 남의 말을 군말 없이 따르는 데 익숙했어.

너니까 하는 말이지만, 너하고 있으면 그렇지 않아. 자신의 수호천사와는 함께 있으면서도 동시에 완전히 혼자 있는 거나 마찬가지야. 마치 자기 자신과만 함께 있는 것처럼 말이지. 그래, 그게 내가 사물을 보는 방식이야. 제레미, 내 말을 들어보렴. 네덜란드, 이탈리아, 그리고 다른 나라들 말인데, 그 나라들은 바람맞히자. 우리는 쭉 프랑스에 있을 거야. 네 이야기를 생각해 봤어. 네가 나를 너의 서커스단으로 데려가 줬으면 좋겠어. 곡예사와 조련사와 어릿광대와 사자들이 보고 싶어. 내가 살날이 얼마나 남았는지 모르겠지만, 나는 죽음에 대해 아무것도 듣지 않으려고 잡담으로 시간을 보내는 이곳의 노인들과는 달라. 나는 깨어나자마자 좋은 날씨와 죽음을 기다려. 제레미, 너도 알다시피 그건 치즈와 디저트 같은 거야. 너한테 서커스단 소식이 더 이상 없다는 걸 잘 알고 있어. 하지만 넌 서커스단을 다시 찾을 수 있을 거야. 그리고 넌 여전히 그들에게 중요한 사람일 거고 특혜도 있을 거야. 그 사람들에게 내 자리를 하나 마련해 달라고 부탁해 줬으면 해. 나는 골무 속에서도 잘 수 있고 먹는 것도 까다롭지 않아. 튤립보다 코끼리를 더 보고 싶어. 내 마지막 날들을 사자들이 옆방에 있는 굴러가는 집에서 마치고 싶어. 내 천사야, 말해줘. 너무 어려운 일은 아니지? 달나라 얘기는 아닌 거지?

아니, 그건 달나라 얘기는 아니었다. 거의 달나라 같은 얘기였다. 나는 어머니에게 전화를 걸었고 직종별 전화번호

부를 살펴보았으나, 서커스단의 흔적은 찾아볼 수 없었다. 그러다가 서커스단이 전국을 순회했던 행로를 기억해 냈다. 언제나 같은 경로였고, 언제나 시계 바늘 순서로 움직였다. 정오는 파리, 12시 반은 마르세유, 12시 45분은 브르타뉴 등과 같이. 그래서 작은 바늘, 분침을 따라 차를 몰았다. 지나가는 도시마다 물어보았고, 마침내 발견했다. 그들은 리모주에 있다. 노부인이 잠에서 깨어 눈을 뜰 때 그녀는 새 집을 보게 될 것이다.

서커스단 천막이 보인다. 점점 더 천천히 달린다. 그녀는 아직 일어나지 않았다.

그들이 뒷좌석에 꽉 끼어 앉아 있었다. 다리를 뻗으면 한결 나을 것이다. 백미러로 그들을 봤다. 매력적인 3인조. 그들은 진정한 환상의 팀이다. 누런 이빨의 늑대, 빨간 머리 천사, 그리고 뚱보. 둘 사이에 끼인 뚱보가 개의치 않고 휘파람으로 <푸가의 기법>을 분다. 아니, 내가 틀렸다. 그건 소나타다. 이를테면 다음과 같은 곡이다.

천사 혹은 늑대의 일

김연덕 시인

　서울시립미술관의 커다란 유리문을 밀고 들어와 왼쪽으로 꺾어 들어가면 밖을 내다볼 수 있는 좁은 공간이 나온다. 거기 나 있는 창을 통해 나무나 미술관 측면 중추를 하염없이 바라볼 수 있는데, 누군가를 기다리는 사람을 제외하고는 평일 낮에 이곳에 앉아 있는 사람은 거의 없다. 하지만 나는 즉흥적인 내 안의 '수호천사'에게 이끌려 이곳에 자리를 잡고, 환한 빛 속에서 보뱅의 소설 원고를 꺼낸다. 주인공이 첫사랑 늑대를 대면한 순간부터 서커스단과 로망과 단풍나무와 괴물을 만나고, 마지막 여정으로 쥐라 요양원의 할머니와 멀리 떠나버리는 순간까지 내리읽는다. '책을 읽는 사람은 내 안의 가출 소녀'라고 했듯, 나도 그를 따라 생생하고 고독하며 눈부시게 즐거운 세계 속으로 내달린다. 이 공간의 기묘함조차 뒤로한 채.

　시립미술관에서는 유리나 철로 거대한 구슬 설치물들을 만드는 프랑스 미술가의 전시*가 열리고 있었다. 입구 양쪽에서부터 성인 남자 키를 훌쩍 뛰어넘는 은색 구조물이

---

*　서울시립미술관, <장 미셸 오토니엘 : 정원과 정원>, 2022

세워져 있는데, 내가 머물던 좁은 공간에서 창밖을 바라보면 그 구조물의 일부분이 잘려 보였다. 구조물의 크기에 비해 창의 크기가 작은 탓으로, 그 아름답고 거대한 구슬이 꼭 흥국생명 빌딩과 나무들 사이를 유영하는 것처럼 공중에 둥둥 떠 있었다. 여러 방향으로 접붙여진 구슬들은 마치 하나하나 각기 다른 시대와 나라에서 도착해, 자기들끼리 대화를 나누거나 정한 차례에 따라 발하지 못하는 것처럼 보인다. 그것을 어쩌지 못하듯 당황하며 빛난다. 일부분만 따로 떼어서 보니 더 잘 보였다. 전체를 보는 것보다 이상하고 마음에 들어 나는 그 부분적인 구조물에 '은단'이라는 이름을 붙여주었다. 은단은 할아버지가 자주 드시던 은색 구슬 모양의 구중청량제다. 어린 시절 하나 먹어보라며 할아버지가 손바닥 위에 올려주곤 하시던, 씹으면 가벼운 쇠 맛이 퍼지던 몇 개의 은단. 그리고 소설을 읽다 때때로 눈을 들어 창밖으로 바라보던 구조물. 낯설고 반짝이는 물질을 앞에 두고 어찌해야 할지 몰랐던 그때의 멍하고 곤란한 기분과 비슷했다. 게다가 미술관 안쪽에서 나는 완벽히 혼자였다.

'더 작은 곳에서는 더 많은 것을 발견'하게 되는 법이다. '작고 특이한 것들을 잘 보곤' 하던, '아니, 그런 것만 보'던 『가벼운 마음』의 주인공, 뤼시. 그는 '사랑은 다른 어디에도 아닌 사소한 것들에 깃들어 있'다는 것을 수많은 어른들, 현실과 내면의 수호천사에게서 배운다. '우리는 가볍게 부는 바람을 몸에 걸친 그림자들'이자, '내게 필요한 건 단지 목덜미로, 피부와 블라우스 사이로 스미는 시원한 바람을 느끼는 것이며, 내 눈을 전나무의 짙디짙은 초록색으로 물들이는 것뿐'이라는 문장들에서, 문장들이 예측불허의 빛으로 튀어 오르는 한낮의 미술관에서 나 역시 작은 기쁨을 맛본다. '사랑이 처음 시작되는 순간처럼 달콤한' 감각이다.

세상 속에서 나를 잃어버리지 않기 위해서는 이렇듯 도시와 거리와 실내와 자연의 빈틈 사이로 은밀하게 사라지는 순간이 필요하다. 사람들이 좀체 드나들지 않는 미술관의 작은 창 앞에 앉아 나만의 '은단'과 시선을 주고받는 비밀이 필요하다. 가벼움을 잘 훔쳐야 한다. 그것이 '진정한 삶'이다. 그리고 그것은 동시에 '속이는' 것이기도 하다. 도시와는, 미술관과는, 전체의 미술 작품과는 '전혀 상관없는 순수한 기쁨을 밖에서 얻기 때문'이다. 나는 나의 '은단'을 계속해 바라본다. '바라보는 것은 생각하는 것'이다.

어릴 적 우연히 들어간 뚱보 아주머니의 집에서 '이렇게 난 음악 속에서 걷고, 먹고, 자고, 움직여. 다른 사람들은 집에 고양이나 남편이 있지만 내겐 바그너, 라벨, 슈베르트가 있어. 고양이처럼 어디에나 가볍게 존재하는 거지'라는 부드럽고도 결연한 말들과 만났던 주인공, 사랑받는 것에 신경 쓰는 대신 차라리 사랑 한가운데 있는 것으로 울고 웃으며 '자족하던' 어머니 곁에서 자란 주인공은 '우리는 다른 사람들과 함께 성장할 수 없'고, '그들이 우리에게 품은 사랑, 우리를 충분히 안다고 믿는 사랑에서 벗어나야만 성장할 수 있다'는 단단한 확신을 지닌 어른으로 성장한다.

어쩌면 주인공이 단풍나무 사건 이후 사랑하게 된 알방(괴물)에게는 이 비밀이, 혼자됨의 장소가 첼로였을 것이다. 알방은 주인공과 만난 큰 아파트에 첼로를 절대 가져오지 않았고, 주인공은 그에게서 '더 완벽히 연주하기 위해 연주하지 않는 법, 더 이상 사랑받지 않아도 되도록, 사랑이 감정과는 다른, 필시 사랑이 분명한 무언가를 향해 갈 수 있도록' 사랑하는 법을 배운다. 알방은 '애쓰지 않'고 '자신의 본성을 벗어나지 않'으려 수면 상태와 같은 음악에 빠져 있던 바흐에게 각별한 애정이 있었고, 흡연자였던 그의 이 역시 주인공의 첫사랑 늑대의 누런 이와 닮았다. 알방은 첼로를 위해 단풍나무를 응시한다. 이후 주인공 역시 자신이 가진 질문들에 바람을 쐬어주고, 그 질문들을 응시하기 위해 호텔에 묵는다. 로망 역시 주인공과 헤어진 후 드디어 자기 글의 은밀한 공간과 만나는데, 로망의 글은 '더 이상 자기 자신으로 꽉 차 있지 않'았고, 그는 '자신을 애도'했으며, 글을 쓰면서 '기묘한 축제들을 향해 나아'간다. 로망이 처음으로 가벼워지는 순간이다. 잠과도 비슷한 휴식을 주는 수면 상태의 글쓰기에 이제야 돌입하고, 주인공 곁을 늘 지키던 '하품하는 천사'와 그도 대면하게 되었을 순간이다.

주인공이 로망도 알방도 떠나고, 영화 촬영을 포기한 채 수호천사의 말을 따라 취라의 호텔로 날아가 글을 쓰는 장면, 종내 요양원의 할머니, 정신병원에 수용될 운명에 처했던 할머니를 데리고 여행을 떠나는 장면은 의미심장하다. 소설의 마지막에 이르러 할머니는 네덜란드나 이탈리아 대신 '너의 서커스단'으로 데려가 달라고 하는데, 서커스단은 주인공의 생애 초기의 삶이며, 곡예사와 조련사와 어릿광대, 즉 방랑자들의 가벼움과 자유가 있는 곳이다. 주인공의 유년을 가득 채운 서커스단, 그 서커스단이 머물렀던 파리 교외의 크레테유는 또 어떤가. '수많은 얼굴이 있으나 아무도 그들을 보지 않고' '수많은 아이들이 있으나 아무도 그들을 길들이지 않'는 곳, 사라지기 좋은 곳이다. '나타나고 사라지는 일' 자체인, 인생과 닮아 있는 가출의 가치를 주인공은 유년에 이미 알았다. 사라지겠다고 말하지 않은 채 잉크와 함께 사라지는 글쓰기의 가치, 말없이 공항을 떠나버리는 가치를 늑대의 타오르는 눈과 유랑자들을 통해 이미 알고 있었다. 제자리에서도 세상 끝까지 가는 법을. 주인공의 가벼움이 타인의 가벼움을 가능케 한다. 혼자된 사람만이 해낼 수 있었던 일, 타인을 구원하는 순간이다. 주인공은 삶에서 자기 자신을 잃어버리지 않도록 도와주는 직감을 '나의 수호천사'라고 불렀다. 요양원의 할머니는 주인공을 '천사'라고 부른다. 소설이 끝난 뒤에도 할머니는 자신을 잃지 않을 것이다.

여전히 '은단'을 앞에 두고 주인공의 '늑대' '랭보' '모차르트' '거인' '괴물' '뚱보' '나의 수호천사'를 읽는다. 지친 기색도 없이 측면에 꼿꼿이 서 있는 '은단'을 확인한 뒤, 다시 고개를 돌린다. 페이지를 넘길수록 아름다운 이들에게 달라붙어 크고 새로워진 이름들이 나무와 햇빛과 '은단'의 몸체를 뚫고 들어온다. 자신에게 무언가를 주는 것들에 언제나 이름을 다시 붙이고, 새로운 이름을 주는 것은 '사랑의 행동이며, 연인들의 특권'이라 말한 주인공. 자기 자신의 이름을 매번 새로 지었던 주인공, 그러나 로망만은 마지막까지 로망이라고 부를 수밖에 없던 주인공. 그의 기준은 정직했으며 가차 없고 순수했다. 이렇듯 '속임수를 대하는 순수한 취향'은 아이들의 것이며, 어릿광대의 것이며, 천사와 늑대의 것이다. 이름 붙이기는 더없이 즐거운 유희이자, 세상 속에서 자신을 잃지 않으려는 그들의 몸짓과 닮았다.

끝없이 혼자 되게 하고, 자기만의 공간으로 사라지게 하고, 사라짐으로 존재하게 하여 웃고 가벼워지게 해주는, 나만의 많은 이름들을 남기게끔 해주는, 그런 설명할 수 없는 반짝이고 거대한 힘을 길러주는 존재들. 글쓰기나 서커스단과 같은 방공호를 마련함으로 누구보다 나의 존재를 인정하고 존중해 주는 존재들. 나는 기꺼이 내 안의 천사와 늑대를 따라가고 싶다. 잠자고 노래하고 싶다.

보뱅의 소설 원고를 덮는다. 창밖으로 둥둥 떠다니는 '은단' 앞을 떠난다. 아니, '은단' 곁에 더 많은 이름들을 남겨둔다. 그것들이 무엇인지는 비밀이다.

옮긴이 **김도연**

한국외대 불어과와 동 대학원에서 프랑스어를 전공하고 파리 13대학에서 언어학 박사과정을 수료했다. 지금은 독자들에게 좋은 책을 소개하고 싶은 마음에 책을 기획하고 만드는 일을 하고 있다. 옮긴 책으로는 『마지막 욕망』 『가벼운 마음』 『그리움의 정원에서』 『다른 말』 『나의 페르시아어 수업』 『라플란드의 밤』 『내 손 놓지 마』 『내 욕망의 리스트』 등이 있다.

가벼운 마음 LA FOLLE ALLURE

1판 1쇄 2022년 8월 22일
3판 2쇄 2025년 12월 15일

지은이 크리스티앙 보뱅
역자 김도연
펴낸이 신승엽
펴낸곳 1984BOOKS

편집 신승엽 · 북디자인 신승엽

주소 전북 익산시 창인동 1가 115-12
전자우편 1984books.on@gmail.com
전화 010.3099.5973 · 팩스 0303.3447.5973
인스타그램 @livingin1984 · 페이스북 /1984books

ISBN 979-11-90533-63-8 03860

잘못된 책은 구입하신 서점에서 교환해 드립니다.

1984BOOKS